UM CARA COÇAVA AS COSTAS DA MINHA MÃE NO BAILE

UM CARA COÇAVA AS COSTAS DA MINHA MÃE NO BAILE

Paulo Ribeiro

Romance
2018

KOTTER EDITORIAL

Editor: Sálvio Nienkötter
Editora-assistente: Bárbara Tanaka
Projeto gráfico, diagramação e capa: Manoela Leão
Revisão: Germano Weirich
Produção: Cristiane Nienkötter e Francisco Rocha

Dados Internacionais de Catalogação na Publicação (CIP). Andreia de Almeida CRB-8/7889

Ribeiro, Paulo
Um cara coçava as costas da minha mãe no baile / Paulo Ribeiro. – Curitiba : Kotter Editorial, 2018.
128 p.

ISBN 978-85-68462-55-3 | Kotter Editorial

1. Literatura brasileira I. Título

18-0262 CDD B869

Texto adequado às novas regras do acordo ortográfico de 1990, em vigor no Brasil desde 2009.

Kotter Editorial Ltda.
Rua das Cerejeiras, 194
CEP: 82700-510 - Curitiba - PR
Tel. + 55(41) 3585-5161
www.kotter.com.br | contato@kotter.com.br

Feito o depósito legal
1ª Edição
2017

"Hermes Trismegisto escreveu com uma ponta de diamante em uma lâmina de esmeralda"
Jorge Ben

"Tudo o que você precisa é amor"
John Lennon

SUMÁRIO

PARTE 1

§ 1

Em Porto Seguro há uma matinha sombreira mais afastada do areião. Doca, o negro assador da Churrascaria Cascatas, depois de torrar em frente ao forno ao meio-dia, costuma vir fazer sua sesta ali. De bermudão, camiseta regata, Havaianas nos pés, Doca estende uma toalha na sombra e fica a cochilar.

Há muitas formigas por ali. Formigas que vão e vêm trazendo nos ombros pedaços de folhas muito maiores que seus corpos. Doca cochila ao som das cigarras e, de repente, sente um picão no pé. Foi picado por um daqueles formigões que destoam do carreiro das formigas menores que trabalham por ali.

O churrasco da noite, Doca já não consegue assar. Seu pé vira num inchaço e ele ainda insiste, improvisando um espeto como bengala, em tratar a picada com a própria salmoura com que salga as carnes das boas vindas de Bom Jesus. Seu pé está por explodir. O negror da pele destaca veias ainda mais negras, como se um derrame tivesse atingido não seu cérebro, mas apenas o pé esquerdo.

Doca, depois de uma noite insone, sem se queixar aos patrões, suporta a dor, que já sobe pela perna, e o inchaço que não tem jeito de ceder. Está febril. A salmoura posta ao lado da tarimba onde dorme continua a nada ajudar.

Para a surpresa de todos, no dia seguinte, com dificuldade para andar, usando uma camiseta do Bahia — time que adotou —, a barra da calça dobrada e o pé ainda mais inchado — dedões já na cor de sangue de placenta —, Doca comunica que está indo embora.

Não. Não, ele não quer ser levado ao Postão Médico. Ele quer pegar o primeiro horário da Itapemirim e voltar para o seu Sul.

Doca se despede de todos na churrascaria com um taxativo: "Eu não quero morrer aqui!".

§ 2

Doca tem uma imensa dificuldade de subir os dois degraus da porta do seu Salão de Baile. Há duas semanas voltara a Bom Jesus e, apesar dos antibióticos, o pé esquerdo até a subida da canela continua muito inchado.

Sua volta foi comemorada. Teve a maior receptividade pelos órfãos de seu Salão de Baile. Desde que decidira ir para a Bahia, o velho casarão de madeira, coberto de zinco vermelho desbotado, ficara ao Deus dará.

Por um ano, os negros, pobres e fazendeiros prepotentes que deixavam as esposas em casa sem qualquer cerimônia, ficaram sem a sua diversão de todos os sábados.

Doca atravessava agora com sua bengala por um portão de madeira de lei que tinha no seu topo um arremate com três fileiras de arame farpado. Os fios farpados serviam para que nenhum intruso, bêbado já fora dos limites ou malfeitor assumido, pudesse escalar o portão externo e adentrar o salão já pela madrugada. Seu salão tinha um rigoroso controle de entrada da clientela, exercido por ele mesmo, que inspecionava por uma janelinha a criatura que socara a lateral do portão.

Socar a lateral do portão era o aviso, a senha de quem chegava.

Esse entra. Aquele não entra.

Seu Doca orientava com igual rigor o Jerivá, seu ajudante no controle do caixa dos ingressos e nos trocos das cervejas e outras bebidas quentes.

Lambari, com sua barriga enorme, onde equilibrava as bandejas com as garrafas e copos, era o garçom, convocado às pressas agora.

Pedreiro, sem compromisso nos sábados à noite, aceitara de volta a função de imediato.

Mas aquele pé do Doca não havia de desinchar. E ele precisaria de reforço, de ajuda, pois não conseguiria passar uma noite inteira em movimentos e mais movimentos.

— Eu vou precisar do Áqui, Carmem — dissera à minha mãe, lavadeira de pratos e sua colega em tantas outras churrascarias de Bom Jesus.

— Mas o Achilles é menor de idade, Doca. Como é que vai entrar lá? É proibido.

— Eu falo com o Ararê. Ele libera.

Mesmo com o pé esquerdo explodindo pela picada venenosa, era uma questão de honra para o negro Doca reabrir seu Salão de Baile naquela semana da volta. A recepção em seu retorno o comovera. "Que falta que faz teus bailes!", fora mais o que ouvira. E mandou abrir todas as janelas para arejar a sala, as cadeiras de palha, que escovassem e encerassem o chão, gastou um galão de água sanitária nos banheiros apodrecidos de urina choca.

Por amizade e cumplicidade de empregados explorados em churrascaria, Seu Doca gostava muito de minha mãe. E, por extensão, gostava de mim, filho sem pai, a quem chamava carinhosamente de "Áqui" nos meus nove anos. Seu Doca apostava em mim por saber que eu tinha já certa prática em lavar copos e servir bebidas em mesas, apesar da tenra idade.

Eu seria o seu segundo garçom, auxiliar do Lambari barrigudo.

Sem qualquer consulta prévia, minha mãe chegou em casa e comunicou que no próximo sábado eu iria ser garçom no Baile do Doca.

Ah, ela nem imaginava a felicidade que me tomou ao ouvir aquilo!

Finalmente, eu desvendaria o "mistério" do que acontecia de tão proibido, de tão escabroso, de tão aloucado dentro daquele casarão com paredes adornadas de propagandas de Pepsi, e que eu só conhecia por causa de uma matinê carnavalesca de 1968.

Finalmente, eu compreenderia a pergunta constante de meus coleguinhas de aulas ("Achilles é com dois "eles", fessora!"), principalmente a indagação de toda a santa segunda-feira das meninas:

— Sua mãe foi no Doca, Áqui?

Eu, apesar de puro, sentia o veneno da pergunta. Minha mãe era solteira, linda, um corpo exuberante. E desconversava:

— Não sei. Fui dormir sábado na casa da minha avó —

Mentira.

Minha mãe havia ido no baile, sim. Sempre ia. Não perdia um.

E a fama do Baile do Doca por toda a cidade era que era um lugar de putaria.

§ 3

Seu Doca mandara dizer que queria que eu chegasse cedo no sábado. O Lambari ia me explicar como ele queria que eu trabalhasse — além de me entregar em mãos 100 cruzeiros em notas de um, para os trocos das bebidas.

Banho tomado, gelzinho no cabelo, roupa de crisma, lá pelas 21h já estava batendo na lateral do portão com três fios de arame farpado, como minha mãe me ensinara que Seu Doca pedia que os chegados fizessem.

— Ah, é você! — Ele me recebeu sem sorriso na janelinha, certamente mal-humorado por causa do pé insistentemente inchado.

Adentrei aquele ambiente de luz amarela opaca, ainda deserto, com o Lambari contando os trocos, fazendo da caixa apoio à própria barriga.

— Boa noite, Lambari. Eu vim pra te ajudar — disse para um Lambari, que se mostrou simpático.

— E hoje vai dar grande, Áqui. É o Beno quem toca! — revelou como prova de que me aceitava como novo "colega".

Que coisa legal que iria ver o famoso Beno, timtim por timtim, por centímetros. Que legal ser recebido assim naquele ambiente noturno que simbolizava medo e preconceito escancarado e que eu, esperto, esperto como um puma solto, como um ágil leão baio, já percebia.

O Clube Princesa da Serra — o nome jurídico do "Baile do Doca" — era mesmo o salão frequentado pelos mais humildes de Bom Jesus. Fora fundado num 4 de julho (certamente Seu Doca convencido do nome pelos norte-americanos por lá estabelecidos para explorar a agricultura e a pecuária).

A data da América: 4 de julho!

Houvera sempre uma enorme controvérsia desde a chegada dos imigrantes de Ohio: Bom Jesus deveria ou não mudar seu nome para Oaio do Sul?

Persistia Bom Jesus, claro. Persistia intocavelmente nos corações e mentes dos mais humildes, a clientela do Seu Doca — em sua maioria negros, daí o nome do clube constando na primeira Ata: Princesa Isabel. Era uma homenagem àquela que assinara a libertação dos escravos.

Eu descobriria tudo isso andando de mesa em mesa. E assistiria, num palpitar impactante (no fechar dos meus olhos eu me via a investir com uma faca contra a maldade e o cinismo das minhas coleguinhas. No fechar dos meus olhos já sabia a repugnante culpa cristã impregnada por freiras "fessorinhas" nas linhas de meu caderno), e assistiria a entrada de minha mãe toda maquiada no salão. Os cabelos arrumados. Os olhos negros fortes com os cílios ainda mais densos.

Linda.

Linda com um vestido folgado e curto abaixo da cintura e com suas costas completamente nuas. Minha mãe mostrava apenas duas tirinhas por trás como suporte dos seus seios fortes e fartos. Foi o que se viu tão logo despiu e dependurou o seu casaco de pele cor de couro de ovelha numa das cadeirinhas de palha que formavam o conjunto das 42 mesas exatas do Salão do Doca.

O pé esquerdo do Seu Doca — Possidônio Nascimento de registro — continuava muito inchado. E o lado esquerdo do meu peito também pareceu inchar ao ver a figura de minha mãe entrando naquele salão encerado como a mais bela mulher da noite.

Acompanhada de duas primas, era o que se dizia no recinto: "Ah, morena!"

§ 4

Achilles Palhano. Eu não estava ali não para inchar de vergonha e ódio de quem me parira e me dera este nome estranho. Estava ali para servir cerveja, uísque, rum, gim, vender pedaços de galinha frita de mesa em mesa, até mesmo cigarros.

Seu Milito, dos últimos tropeiros (diziam que ele era parente mesmo de escravos) era como uma autoridade no Seu Doca. Respeitado, só a sua presença já evitava o começo das brigas — outro mito dos "bailes do Doca" — que eram inevitáveis.

Seu Milito, que chegara antes, me disse espantado:

— Mas você já sabe tanto fazer troco, menino?! Levei meia vida pra aprender deixar de ser logrado.

Um puma. Leão baio. Quase perguntei ao Seu Milito, apaziguador de brigas feias, se conhecera, ao longo de suas tropeadas, um puma e o leão baio.

Associei logo o negro centenário tranquilo e da paz ao paradoxo daquele portão com arame farpado filtrador de maus elementos. Filtrador de bêbados aloucados, os filhos de fazendeiros de nariz empinado e com revólveres na cintura à mostra.

Nas paredes, pôsteres de lata de Pepsi-Cola e cigarro Minister. Seu Doca, além desta tentativa de tornar o local adequado ao divertimento, tratava de dar seriedade às festas, invariavelmente gauchescas.

E, por isso, convidava durante a semana políticos e altas autoridades e ficava contente com a presença dos vereadores, de um promotor mais adiantado para aquela época. Seu Doca ficava exultante quando via pela janelinha a chegada do ex-prefeito Odilon Guazelli.

O Seu Edmundo Jacoby, vice do ex-prefeito, vivia prometendo que ia. Mas, luterano, nunca deu o ar de sua graça.

Isso entristecia Seu Doca. Ele fora criado justamente ajudando nas lides e domas de cavalos na fazenda dos Jacoby. Seu Doca era "MDB" no tempo da Ditadura. Seu Edmundo Jacoby era "MDB" no tempo da Ditadura. Que grande decepção para o Seu Doca!, que todo o sábado nutria a esperança de abrir a janelinha e ver Seu Edmundo acenar-lhe de fora.

Seu Doca, porém, nunca gravou em suas retinas o aceno amigo tão esperado.

Gravou apenas a frase do clínico geral da cidade:

— Ou você se cuida e para com os bailes, ou você vai perder esta perna!

§5

Uma microfonia, de repente, deixou todos surdos. O salão já estava quase lotado e era o Beno Saxofonista e seu conjunto que ajustavam os instrumentos.

O Beno tinha os lábios cortados, leporino, fazia anos esperava a escritura. Precisava de escritura de músico e a escritura demorava, não vinha. E só veio depois de um latão de abacaxi com o qual subornou um sujeito lá responsável.

A papelada voou. "Foi só um presente dado", o freguês subornado pelo negro depois se ria. A escritura à abacaxi desemperrada e apenas com duas cadeiras pro conjunto inteiro; de chapéu, capa impermeável, o primeiro baile o Beno tocou.

Um astro, galã, sobressaía o chapéu de feltro. E o Beno se arrodeava fazendo o chapéu arrodear junto. A pena do pavãozinho era amarela e ventava. E o Beno vá e vá num saxofone único.

Era saxofonista, tinha as mãos bem ossudas e gritavam "Olhe os outro dedo do Beno", quando ele não usava sapatos. Tocava de pés descalços mesmo e tinha uma múltipla capacidade de acompanhar com domínio até o pandeiro.

Famílias se deslocavam só pra baile com o Beno esse. Saxofonista, moreno, olhão verde, garantia com olharzinho uns quantos bilhões de moças, inclusive as girls vindas de Ohio.

Gostavam dele. Era um mimo, os labiozinhos partidos, era bom de beijar o rachadinho dele.

Diziam da cavinha que bifurcava o bigode e daí que vinha o maior charme do Beno.

Seus olhos verdes no ritmo, chegava setembro, rapaziada, prendas já se lembravam. Era a temporada de tradição e baile e que trouxessem o Pavãozinho e os irmãos amigos dele.

Os convites vinham de moças e ai se não aceitassem! E porque já eram uns astros, aceitavam. Aceitavam, o Pavão não se rogava, comparecia com o seu saxofone improvisando os temas próprios para as gaitas. Solava fundo, a coisa mais linda possível. E ficava mais lindo e impossível ainda quando um seu primo entrava socando na parte inversa do pandeirinho. Lá não era pra se dançar. Deus, aquilo era

Mississipi, o Salão do Doca. Ouvissem.

Ouvissem.

Ele de impermeável, pés descalços, nunca se viu humano ritmo igual.

E sabe por quê?

Primeiro, porque não cantava. E porque os dedos do Pena Verde eram assim, como os olhos. Como os olhos dele, negros!

Bolitas, graúdos!

— Escute! — dizia o Lamba ao Achilles.

— ...

— Tá ouvindo, menino?!

São os dedos ossudos do Beno... são os seus olhos fechados agradando o Baile do Doca, suas 42 mesas, um aprendiz de garçãozinho que já mais e mais lhe admirava num tintim por tintim do palco.

— Este é o Beno, Achilles. Aprenda com ele a gostar mais de música — o Lambari repetia. Repetia.

O Beno.

O Beno tocava assim. Vá e vá, solo, concentrado, em harmonia com as gaitas, na inversão de quase tudo.

Fazias uns solos contornados e o primo pandeirista só farfalhando uns papéis no couro. O Beno caprichava, fazia uns floreios, floreios apropriados, era a homenagem do pé rapado para todas as moças.

Lábio aberto. Chapéu de pena. O louco fazia dos dedos e beiços parte do seu instrumento.

Só marcando, pé descalço, sapateando serragem fria.

Êeee, beleza!

Marcha, rancho, polca, valsa, não tinha colorido de dança que não tirasse.

E saxofone com pandeirinho, uns trastezinhos de violão de sete cordas, só no pandeirinho, chiquechique, amor, saudade, harmonia, o que havia de bom na vida ficava floreado nos dedos negros do Beno.

Chamar aquela quarta aparição de Nossa Senhora de "o conjunto do Beno" era uma heresia. Bom-jesuense ou oaioana, mas heresia.

E os dedos do Beno bem ossudos. E o Beno de chapéu preto, pena amarela, era identificação imediata: tava ali um crioulo bonito. Moreno de olhos verdes e escondendo esses olhos fechando-os.

Ah, dava mesmo todo o carinho de que a mulher interiorana carecia, precisava.

Era um astro, era um ídolo, as morenas diziam que foi o lábio aberto o inventor do amor.

Peraí, não chegassem a tanto!! Mas fossem dizer pra elas...

Com a música e saxofone dele rodavam os sentidos. E rodavam vestidos, ah, farfalho!!, até o dia do homem explodir.

Explodiu, ficou assim, maior alegria e felicidade caído aos pés de uma...

— Hum-hum... sofreu do coração o Beno justo num baile — contou anos mais tarde o Lambari para o Achilles adulto, num banco da praça da cidade que este então visitava de férias.

— Morreu assim??

— E não tocou o Sax ainda, Achilles!?

— Deitado?

— Deitado!

Deitado, enfartado e tocando.

E morreu assim tocando numa orla de saia.

§ 6

Passada a microfonia, a afinação de violão e cinco notas de gaitas, o Beno deu "Buenas Noches". E para não atrasar o baile, só queria desejar "bons retornos" ao Mestre Doca, e que desinchasse logo a perna enformigada.

E abriu-se a gaita para ele dar o primeiro sopro mais profundo de sua alma.

— Lembro da noite, de coisas daquele baile, Tio Lamba — confidencia o Achilles a um Lambari já envelhecido e tomando o seu solzinho no banco da praça agora.

— Lembro da minha falecida mãe muito bonita. E lembro que foi você que me mandou gostar de música e o Seu Huga Becker confirmou.

— Fala sério, Achilles?

— Ãhãn. Tenho até já um rapazote que toca violino na orquestra da faculdade.

— Ô, coisa boa! Quantos filhos tu tem, homem?

— Um só. Achilles Júnior.— Pra ver a vida. Os meus nunca quiseram saber de estudo. Só fiz deles marceneiros.

— Mas tu era marcineiro!

— Ahaha. Foi tudo muito engraçado naquele baile do Beno.

— Não me lembro de todas.

O tal Tartaruga dormia nos ombros de sua Adolvira enquanto dançavam.

O Euclid, motorista de caixotes de pintos, fugiu da jararaca dele e foi dançar no baile com a Honira, sua doméstica.

Engraçado que o Euclid apareceu de peruca. Não queria que o reconhecessem. Auaquáquá!

O Seu Huga Becker só tomava rum num cantil, perguntando se o funil que se usava estava limpo. SEMPRE ALERTA. O Seu Huga era um escoteiro pra sempre na vida, fosse em missa ou fosse em baile, nas aulas de História Geral.

— Olhe bem esse funil! — recomendava.

Naquela noite faltou gelo e se socorreram no Hotel do Torresmo na esquina próxima e com um ronda noturno.

Um chapéu que foi chutado nos quatros cantos do baile no compasso de um bugio, um momento só de gaita, quando o Beno pediu pra ir ao banheiro.

Romualdinho e Laurindinha dançavam as melodias mais abertas ainda como um grude. Era o estilo deles dançarem como um grude e não havia Seu Milito tropeiro que separasse. Deixavam.

Naquela noite calças de brim coringa ficaram meio a meio com as bombachas dos mais tradicionalistas.

Corria de mesa em mesa a ideia de que o Beno andava de ir embora pra São Paulo. E falavam então do Seu Doca na Bahia. Estas coisas de ir embora não davam certo.

Aquela noite foi tão boa pra uns, que pra outros, mais azarados, Deus parecia ter inexistência. Restar sozinho num baile daqueles!?

E era um trem-bala mesmo o Romualdinho e Laurindinha dançando grudados a *Sentinela das Coxilhas,* aquele floreado de gaita cavalgado.

Achilles marejando seus olhos num canto da Copa sem que ninguém percebesse.

Era um caule sem folha o garçãozinho ali tão colaborativo.

Uma segunda trapalhada no palco, quando o Beno pela segunda vez pediu pra ir no banheiro e o gaiteiro disse no próprio microfone que também estava apurado.

Mas não parava a música. E dançaram então aquela só com o pandeiro, só com o pandeiro a música inteira.

Não vai o Jerivá ajudar o Seu Vanin na Copa e me troca na caipirinha açúcar por sal?!

As janelas estavam abertas para que saísse um pouco o bafo e se via que ia chover com uma lua rompida em sete pedaços por causa do passar das nuvens com vento.

— Lembra que a Dona Abiliria perdeu a dentadura dançando? — recorda mais ainda o Lamba.

— Claro, lembrei agora.

— E não me liga na segunda?!

— Te ligou, Lambari?

— Âhhã. Queria saber se alguém achou a chapa e se me entregaram.

— A gente ri agora, mas foi naquela noite que mataram o Seu Bejo — recorda Achilles.

— Triste, né?!. Os porcos comeram o corpo inteiro dele e a metade de um sobrinho.

§ 7

Benjamim Antônio Heiurque era um solteirão, um dos homens mais ricos de Bom Jesus. Consta que possuía 98 milhões de metros quadrados de terras de campo e mato, com cerca de uns 3 milhões de pinheiros e outro tanto de madeira nativa. A fazenda era abundante em aguadas, lagoas e arroios. E touro e vacas de que já nem tinham as contas e tampouco levavam a sua marca.

Era muito serviço para um homem solitário. Vivia na Fazenda das Goiabeiras numa sobrevivência de gente pobre. Compadecida, sua prima em primeiro grau, Verenda, lhe doou uma criança. E o menino foi então sua companhia e "entertimento". E o adolescente foi sua companhia e aprendiz de tudo nas lides de campo. E o adulto foi seu braço direito já na velhice e fiel companheiro até na hora da morte.

É que o resto da primarada não se conformava com o que o velho Bejo sempre dizia: que ia botar no papel e que tudo o que ele tinha ia ficar em testamento só pro sobrinho doado, o filho lá da tal Verenda também Heiurque.

E foi esta primarada, antes de ser lavrado em Cartório tal propósito do Bejo agradecido ao sobrinho, que atacou a fazenda de cilada e matou os dois, tio e sobrinho no meio de um milharal.

Correu e correu processo por anos e nunca se chegou em sentença. É que só foram descobrir os corpos uma semana depois, corpos que os porcos soltos da fazenda já haviam comido.

Provas insuficientes. Autópsia impraticável. Como periciar dentes de porcos alçados!?

Alçados eram porcos fugitivos e velozes como o leão e o puma. Alçado era o gaiteiro de dedos ágeis que acompanhava o Beno Saxofonista e alçados eram os dedos que animavam também o pandeiro naquela noite do baile.

Já era alta madrugada quando tocaram na lateral do portão. Pela janelinha do baile Seu Doca viu os assassinos de Bejo. Lúcidos. Tranquilos. Sem sinal de cachaça nenhuma. O negro dono da casa prontamente lhes abriu as portas.

Passaram por baixo do arame farpado do portão os três assassinos. E chegavam justo na *Hora da Serenata*.

Minha mãe, até ali, se "comportava". Eu evitava que nossos olhares se cruzassem, mas via de soslaio que estava orgulhosa. E levantava o braço, estalava os dedos, me chamava:

— Mais duas doses de gim, Áqui! Com duas pedrinhas de gelo.

Sem falar qualquer coisa, encabulado, ia até a Copa e solicitava o gim por ela pedido.

Voltava com a bebida na bandeja e repetia o preço que ela já sabia.

Minha mãe abria então sua bolsinha, tirava uma nota maior e eu lhe devolvia o troco de um cruzeiro, sem dirigir qualquer palavra.

Éramos dois estranhos para todos os efeitos. Negócio é negócio, apesar de meus olhos de amêndoas — herança de meu pai desconhecido — marejarem enquanto eu me dirigia à próxima mesa daqueles bêbados, de suor fétido e insaciáveis.

§8

A *Hora da Serenata* seria uma discrepância naquele baile gauchesco do Salão do Doca, não fosse estar ali um ótimo saxofonista, a genialidade do Beno, a genialidade daquele maluco que ele descobriu que lhe alcançava nas notas com um pandeiro.

Eram exímios. Eram exímios.

Era *Hora da Serenata* e, diga-se, a hora mais tensa do baile. Era quando se permitia que as mulheres que nenhuma música tivessem dançado, escolhessem sem qualquer cerimônia o seu par preferido.

Aquele homem então com o pé esquerdo inchado era um verdadeiro revolucionário na área do entretenimento das mulheres tristes, solitárias, viúvas, solteironas, as mulheres mais desconsoladas quilômetros afora.

E revolucionário também era o que Beno e seu conjunto executavam, boleros com gaita e pandeiro. Aquilo não existia igual a mulheres desconsoladas quilômetros afora. Aquilo não existiu em quilometragem nenhuma. Baixava no tabladinho onde se apresentavam como uma espécie de orquestra — e eles, verdadeiramente, incorporavam o melhor do melhor do Ray Conniff.

Olho em minha mãe agora direto, já que ela, apesar dos vários gins ingeridos ainda não se aventurou à dança, vejo que se movimentou em sua mesa.

Como saber então, se não havia sequer notícia das mortes naquela madrugada, se não havia investigação, fotos de cadáveres pela metade, inquéritos, indiciados, sequer se pensava em júri ou sentença, que minha mãe se aproximava de um dos assassinos de Bejo, um daqueles caras recém-chegado.

Era um cara corpulento que a recebeu com um sorriso e vão para o meio da sala ao som do *Besame Mucho*, em gaita e pandeiro e violão nuns contrabandos de boas notas para o ritmo dos pares por força do sax.

Minha mãe e seu parceiro não fazem feio. No meio da sala, a mão esquerda pousada em suas costas, o cara espicha o par de mãos direitas e as estende para o lado.

E dançam. Dançam. Minha mãe baila o *Besame Mucho* com todas as boas variações de uma dança bem articulada. O cara seu parceiro fecha os olhos e percorre toda a sala sem um passo errar.

Minha mãe dança o *Besame Mucho* encharcada de gim com um cara completamente estranho, que dança meigo e carinhoso. Um cara estranho dança com minha mãe lhe dando — quem sabe o gim em pleno efeito —, lhe dando o amor que ela jamais teve.

Dançam. E em cada passo da dança, a mão posta em suas costas nuas é como uma reza para uma mulher que, quem sabe, meia vida pela frente, um dia ainda será acolhida por um homem.

No palco, Beno e seus músicos começam os primeiros acordes de *New York, New York* e isto entusiasma ainda mais aquelas mulheres tristes, pobres e desamparadas que sequer uminha música haviam dançado já na madrugada alta.

Todas elas agora um pouco felizes. Todas elas pelo menos um pouquinho e só um pouquinho por breves instantes a dançar. É bom dançar *New York, New York.* E dançam então homens desconhecidos com mulheres desconhecidas, pois eu sou apenas um garçom estreante nos meus nove anos.

A mão pousada contra as costas nuas de minha mãe, o seu cara desconhecido dando e acolhendo amor e carinho.

E eu catando garrafas, esmolas de mesas ainda tomadas do que me dizem ser "gorjeta".

Parece uma graça de Nossa Senhora Mãe dos Solitários eu ter nascido sem pai e ter uma mãe que agora dança de costas nuas no Baile do Doca.

Eu tenho apenas nove anos, mas como sou esperto.

Dança, mãe! Dança! Ali, na entrada, há três fios de arame farpado.

"Meu Nosso Senhor", o cara estranho exclama (oito anos depois este cara será condenado por um assassinato de um velho que foi comido pelos porcos num milharal abandonado). Beno Ray Conniff e sua orquestra agora começam *Perfidia.*

O gim em plena cabeça, minha mãe dança então como uma ninfeta. Uma garota simpática e que estende a mão ao cara desconhecido. Vão para o centro da sala e o nosso desconhecido surgido tão calmo na madrugada faz a mocinha de vestido na altura das coxas e com rendas em seus babados, as costas nuas, rodar, rodar, rodar.

Rodarei eu também se continuar a pergunta de minhas coleguinhas: "Sua mãe foi ao Baile do Doca no sábado?"

Este estranho poderia estar dançando com outra. Poderia estar dançando com as mulheres que ficam em casa e não vêm ao Baile do Doca viver. Viver, se divertir, dançar.

Mas é minha mãe que dança. À meia luz de um estupor amarelado. Como uma gosma em meus olhos de amêndoas. Como um vômito em meus olhos de amêndoas: aquele estranho homem está coçando as costas de minha mãe ao som de *Aquellos ojos verdes.*

Vômito.

Minha mãe de ombros nus, as costas à mostra, com apenas duas tirinhas que lhe servem de amparo ao sutiã, se dando com um estranho que lhe coça as costas e lhe faz cócegas.

Sou então um garçom aprendiz abandonado num canto escondido da Copa.

Sou então um garçom aprendiz que jamais reencontrará a felicidade na vida.

O estranho acolhe agora minha mãe junto ao seu peito quente, a cantarolar "*aquellos ojos verdes...*"

Para uma abandonada como minha mãe, abandonada como ela num sábado à noite, aquilo é o MÁXIMO!, apesar de seus olhos serem negros, negros, negros só, o estranho lhe dá afeto falando em "olhos verdes".

E ela aceita??????????????????

Quando Beno e seu conjunto começam *O Tema de Lara* eu sou já um garoto aprendiz de garçom que desacreditou do amor para o resto de seus dias.

PARTE 2

§1

Ao final do baile, já com o dia clareando, chegamos em casa. Sem dizer palavra até então, comecei a quebrar todos os copos.

E a gritar.

— Não tome mais gim! Não tome mais gim!

Minha mãe, bêbada, aproximou-se com um "Meu açudinho. Não faça assim".

— Nunca mais eu quero ser garçom. Nunca mais eu quero te ver.

Minha mãe, bêbada, então diz:— Quebremos agora então juntos as taças que você esqueceu, filho! Quebremos!

Bêbada, dizia:— Sabia que tenho uma caixa com pratos, facas, garfos, copos que nunca usei? Está em cima do guarda-roupa. Pegue uma cadeira e tire de lá. Quebremos agora todos os copos, Áqui!

— Eu te odeio até nunca mais!

— Filho!

— Puta!

Dor, porco, sofá. Cada garfo e faca eu escondia no meu coração.

Aquele cara estranho coçando suas costas no baile. Eu tinha ido no baile só com a vontade de ajudar o pé esquerdo inchado. Eu tinha ido no baile pra ver o Beno tocando o seu sax bem de perto, timtim por timtim. Eu não tinha ido no baile pra chorar escondido no canto mais escuro da Copa para ninguém ver.

Aquelles ojos verdes. Coçadinhas nas costas dela que nem olhos verdes tinha. Bêbada, encharcada de gim. Coxões de fora. A pergunta de toda a santa segunda de minhas coleguinhas então:

— Tua mãe foi no Baile do Doca sábado, Áqui?

FOI.

Desta vez a resposta é: FOI. Foi e eu vi. E eu via aquela mão grande, musculosa, cheia de veias a coçar as costas nuas de minha mãe em pleno bolero e ela bêbada de quase cair de gim e de amor reprimido. E eu quebro agora, puma, leão baio, tudo o que há de copo e bebida, torço cada um desses garfos, facas, guardados com o seu capricho de lavadeira de pratos em churrascarias e hotéis. Eu quebro agora no alvorecer do dia o teu capricho, mãe, eu quebro a tua falta de zelo comigo, bêbada, que de teu zelo nada sobrou.

Seu Doca me disse, à saída, "Venha amanhã, de tarde, pra gente acertar".

Nunca mais botarei meus pés naquele salão de arame farpado acolhedor de assassinos de um fazendeiro podre de rico e que mesmo podre foi comido pelos próprios porcos depois de receber balaços da cabeça até os pés.

Morto no milharal o Benjamim.

Morto de vergonha o Achilles da Carmem que foi com as suas coxas e costas despidas se mostrar na *Hora do Diabo* — é o que virou pra mim a tal *Hora da Serenata* do saxofonista de beiços rachados com incontinência urinária de tanto que parou de tocar pra mijar.

Nada é perfeito. Tocava bem, mas parecia ter problemas com a bexiga, com o saco, com aquelas coisas que funcionam articuladas entre o pênis e o cu que todo o homem tem por dentro de si.

Não queria um centavo de um cruzeiro daquele pé inchado por picada de formigão.

Eu queria botar sal, é o que eu que queria, no rum daquele filha da puta daquele velho escoteiro que me obrigou a servir rum a noite inteira com funil num cantil.

Eu quebro tudo. Raiva de meus nove anos. Eu quebro tudo por dentro de mim em casa desde aquele baile até o dia em que minha mãe morreu.

— A senhora não é mais senhora. É tu.

Eu decidira quebrar com tudo depois do baile.

E agora, morta, o mesmo garfo e faca, o mesmo quebrar de copos que contigo aprendi, restam.

Restos e sobras. Os cacos deixados, lençóis com teu cheiro, marcas tuas, tuas manchas de batom persistem ainda aí. Sobram teus lábios naquele rústico pano que à boca levaste. Eu guardo. Pano de prato que desbota e mantém o rubro batom que usara já doente, já bêbada, decerto transtornada pelo teu abobado AVC.

"Amei só teu pai", costumava me dizer. "Amei um homem só no mundo e esse homem foi teu pai. Esse pai que não tive, esse que foi se escapulindo, lomba do cemitério acima, buzinando seu caminhão. E se foi buzinando e nunca mais o vi.

Não guio por isso. Mal dirijo agora meus passos, minhas poucas palavras nestas sobras que me coube resguardar.

Faço o que mesmo?

Faço o que, perdido, se já nem há porcos que se remexam com o teu doce aproximar-se?

Mulher da pia, carinhosa, tratadeira mandada, minha mãe dava nome aos porcos.

Eu tenho a tua lavagem agora em minhas mãos.

O que faço com a lavagem?

Meus lábios não aceitam a palavra tenebrosa: mãe, se morreu.

Meus lábios não aceitam a discussão por sofá. Como herdeiro, herdeiro universal, decido que este é o melhor canto para o sofá azul do teu mau-gosto. É só puxar mais pro canto e esconder.

É só isso a herança. E o que afasto daqui também são as tigelas, essas coisas pouco usadas por um homem só.

Não quero classificar tua herança, o teu mau-gosto por isso e aquilo, que fique teu espólio assim, na desarrumação.

Resguardar.

A memória é uma lágrima e tenho em minhas mãos o teu par de brincos.

Espelho de açude e também da cor de amêndoa eram meus olhinhos. E eu agarrava teus brincos retorcidos como um pequeno anzol.

Menino, grudava em tua orelha pra dormir. Pegava tua orelha aconchegado ao peito. Aconchegado em nosso retorno quando nos disseram não: "Não, não batizo, és solteira!"

A mulher da pia e lavagem não tinha direito à pia batismal.

E fomos então aos porcos. Tu, solteira. Eu, gorduchinho, pagão.

Não batizo!

O que tu sentiste nunca contou, ô, mulher resignada!

Pia, prato, copos, os talheres, tu devias quebrar. Mas não me ensinaste como se quebra talher, o aço, a pedra do coração.

E devia. Copos não me bastam, copos não me bastam.

Como preservar tuas coisas se não quebrar agora a pedra imensa desse coração? Eu, merecedor de teu afeto, teu filho, pagão.

Já não rezo. Nunca rezei. Sabe, choro, mas choro como aqueles que trazem os olhos esgazeados como o santo que tu mantinhas em tua cabeceira ali. Os paninhos de tua higiene íntima também à cabeceira. A primeira dor de dente também ali.

Ave Maria, não! Pai Nosso, não. Não batizo!

Não batize! Ela dava o seu corpo mesmo, viu, padre! Vendia o seu corpo, colaborava com a casa, me fez o filho pagão!

Isso é rezar?

É a minha forma. Um Pai Nosso que não há. Maria que não houve. O pai que escapuliu.

As mães solteiras quebram copos, mas deviam quebrar bem mais. O aço, a pedra, as mães solteiras injuriadas deviam levar a lavagem ao altar.

Sou solteira, tive ele, mas eu sou gente também. Burra ainda em dizer.

Tive ele, vivo na pia, tive ele e nem me resguardei. Burra ainda em dizer.

Voltei tão triste, quebrei os copos, o senhor não batiza o sonho meu?

Burra ainda em contar.

Ele era execrável, ele só deixou que o filho agarrasse em sua orelha ainda mais. Para que se aconchegassem os dois, para que se protegessem ao voltar.

Protege teu açude, protege quem tiveste, quem tu queria sempre com os seus passinhos, as unhas sujas, a dor de dente, o infame rastejar num porão para espiar bucetas desconhecidas.

— Ele é meu. Não vão me prender?

Ia depois em casa, baixinha querida, com a tua marmita e dizias: “Não te querem mais lá, mas eu te trago comida. Me dê um abraço aqui”.

Não te querem mais lá e agora é comigo. Mexeram comigo e eu que não vou deixar.

Eu que te tive, deixem ele. Tranco em casa, ele é meu!

Brava mulher em seu pranto e instintivo esforço para o aconchego do que pariu.

E daí que tu permanece, fica ainda agora aqui. Morta.

Agora sou eu quem te deixo em casa. Agora sou eu quem estendo a orelha. Afaga. Aconchega tua mão morta na orelha do teu filho!

Pode sim!

Pega. Aconchega.

É de arrepiar. É de arrepiar sentir a mão assim.

Há um estalo de madeira velha que esta mão trouxe junto. É a nossa antiga casa, a casa que eu não trouxe. A casa é o coração, vida, é a doce presença de alguém que já não está.

A casa. A ca-sa. Minha Lolita soletrada em tábua, paredes, na ausência do teu amparar. Aconchego bom, aconchego que se foi, devolvida a casa, que fazer?

Sobras, restos, migalhas herdar.

Não há mais porcos. Os porcos que tu alimentavas na ronda e pranto de tua vida. Teus vestidos outros corpos já estampam, o dia bom, o alaranjado gritando ali.

Também eram ruins as tuas flores em lata com jornais. O mau-gosto que herdei.

Jogo as flores na lata pela janela. Espatifam-se lá em baixo. Meu quebrar de copos e latas, menos o aço, como contigo aprendi.

Daí que a pedra persiste neste coração que pinga e me ocorre envolvê-lo também com jornais.

Lembro de uma mãe.

Eu lembro.

Cada um que se lembre. Lembre os brincos, os paninhos de higiene, o Sagrado Coração em cada mãe.

Que vivam nelas, mulheres mortas, os porcos tratados, o doce afagar, o pegar de mãozinhas na orelha.

Casa que já não há. Pia que já não há.

No hotel de tua pia se trocavam almoços por gado. Troco agora a vida por teu cadáver.

Alegre e festivo era o teu bom hotel do trabalho. Mas tu já não podes ir.

E busca-se então agora a casa substituta, o hotel, altar e chiqueiro substitutos. Um paredão de pedra talhada. Há tua flor aqui, querida, a enfeitar um jardim com latas e jornais. No Caderno de Cultura, há uma notinha de uma rave que interessa ao meu filho já crescido.

É o meu Achilles Jr. Teu neto.

§2

Já era bem alta madrugada, mais próximo do amanhecer, quando pela terceira vez, em aberto microfone, o Beno Saxofonista pedia pra ir mijar. Mas que desta vez não voltaria. Já não tinha mais pulmões. Deixava o resto do baile pro Argeu gaiteiro, pro querido Setembrino do pandeiro e o Carucaca no violão.

Foi muito aplaudido o Beno, moreno dos olhos verdes, lábios leporinos e maior artista de Oaio do Sul, Bom Jesus, o escambau.

Um exímio músico do Mississipi perdido no meio de vacas holandesas e touros zebus. Perdido entre cinco milhões de pinheiros e um tio e sobrinho tendo os cadáveres comidos por porcos alçados num milharal.

Foi muito aplaudido o Beno que ainda acenava contente antes de no banheiro entrar.

Argeu, o gaiteiro, então, pela primeira vez falou na noite além de cantar.

— Buenas madrugada, minha gente. Ô gente animada como nesta noite eu vi. Vocês estão de parabéns por serem tão feliz. E está de parabéns também o Seu Possidônio, que voltou da terra dos Orixás pra reabrir o nosso querido salão. Tua perna logo desincha, tchê! Bota, além de salmoura, uma fervido de alcanflor.

Argeu tomou um gole de cerveja e voltou pra arrematar.

— Me coube a honra de encerrar o baile e tocar pra minha galhardia e para fazer o nosso gênio do Sax um pouco dançar. E o que vou tocar, de maneira estendida, é o que se diz ser o primeiro bugio, no estilo bugio, da nossa música gaúcha. É de autoria daqueles outros dois gênios, Os Irmãos Bertussi, e se chama *O Casamento da Doralice*.

Argeu se volta pro Setembrino e faz um sinal de positivo com a cabeça para o Carucaca e faz a gaita roncar no segundo microfone, na boca da Todeschinni vermelha de sua estimação.

— E como sou colorado. Colorado como o Seu Doca, desde que fui convidado a vir tocar neste baile de reinauguração do Princesa, preparei uma surpresinha, que espero agradar a vocês, colorados e gremistas, gente do meu coração.E agora chega de prosa e vamos lá, Tio Setembra e Tio Carucara.

A gaita então vai:

Tiãran, tiantiam.
Tiãran, tiantiam.
Tiãran, tiantiantiam.
Tiantiam, tiantiam.
Tiãran, tiantiam, tiantiam.

É um bugio bem no contrapasso e que é irresistível de só ouvir. O pé de um ser humano não resiste e logo começa a bater. Não há homem ou mulher que resista essa música dançar. Se o Romualdinho e a Laurinha, bem grudados, soubessem o que é a 3ª Sinfonia do Beethoven, iam, grudadinhos como chicletes, dizer: "É a Terceira Sinfonia Heroica dos Gaudérios. Deixe nosso amor que não se desprega ao dançar".

Tiãran, tiantiam.
Tiãran, tiantiam.
Tiãran, tiantiantiam.
Tiantiam, tiantiam.
Tiãran, tiantiam, tiantiam.

O bugio é bem instrumental mesmo e já se vê passar nos apertos da sala o Beno saxofonista com uma morena, que Ó!!!!!!!!!!!!!

E nos contrapassos do bugio, o Carucaca, no sinal do baixar da gaita, tudo coisa combinada, larga uma fita cassete, de um Gre-Nal, com um gol do Alcindo.

E voltam:

Tiãran, tiantiam.
Tiãran, tiantiam.
Tiãran, tiantiantiam.
Tiantiam, tiantiam.
Tiãran, tiantiam, tiantiam.

E baixa a gaita:

O Gainete deu uma voadeira nas costas do Espinosa. A briga do Gre-Nal é geral. Só o Dorinho e o Arlindo observam de longe e não brigam.

Que baita surpresa que o Argeu preparou pro Seu Doca de pé esquerdo inchado! Até o Seu Milito mostra os dentes tão bem conservados na casa dos seus quase 100 anos. Sorri e sorri.

Tiãran, tiantiam.
Tiãran, tiantiam.
Tiãran, tiantiantiam.
Tiantiam, tiantiam.
Tiãran, tiantiam, tiantiam.

Clareia o dia. Clareia o dia, mas ninguém quer saber de dia nenhum. Passam Carmem e um cara estranho lhe afagando as costas. E lá se vão no bugio. É só cadeira vazia. Folga para os dois garçons.

O salão inteirinho dança. O assoalho balança. Alguém vai na janela tomar um ar daquele calorão do bugio.

Tiãran, tiantiam.
Tiãran, tiantiam.
Tiãran, tiantiantiam.
Tiantiam, tiantiam.
Tiãran, tiantiam, tiantiam.

— O baile tá terminando, moçada. Ah, mas é uma pena que Honeyde e Adelar Bertussi não estejam agora aqui. Eles teriam de ver esse povo alegre, essa multidão que chacoalha o salão. Foram eles que inventaram o baile com conjunto e pra eles que vai aqui:

E o Argeu entra então no contrapasso que é o auge do baita bailão:

—Parãranram, parãranram
Parãranram, parãranram
Parãranram...
...
Vou-me embora desta terra
Vou morar noutra morada
Quem quiser que eu vá e volte
Pode varrer as estradas
Tirar as pedras miúdas
E sereno da madrugada
...
Parãranram, parãranram
Parãranram, parãranram
Parãranram...
Tiãran, tiantiam.
Tiãran, tiantiam.
Tiãran, tiantiantiam.
Tiantiam, tiantiam.
Tiãran, tiantiam, tiantiam.

— Adeus. Bom domingo. Fiquem com Deus.

FIMMMMMMMMMMMMMM!

E termina mesmo o baile com o dia clareando, mas sem sol. Ainda se vê a lua despedaçada por nuvens uns cinco quilômetros pra cima.

§3

Nos seus últimos tempos, a canção preferida de minha mãe era *Lembranças*, do Porca Véia. Minha mãe, antes de dormir, colocava um rádio de pilha ao lado dos travesseiros e ficava ouvindo música. Acompanhava a Rádio Oaio meio indiferente, só fazia observação quando tocava o Porca Veia, que era muito solicitado lá por Bom Jesus.

Quando as almas perdidas se encontram
Machucadas pelo desprazer
Um aceno, um riso apenas
Dá vontade da gente viver

Minha mãe dizia: que música linda!

A Dona Carmem sempre gostou de rádio, em casa sempre havia algum sintonizado. Ela era de cantarolar acompanhando. Num tempo mais remoto, eu ainda na infância, lembro que a canção que ela mais gostava era *Seresteiro da Lua*, com Pedro Bento e Zé da Estrada. Minha mãe, no seu analfabetismo de letras (porque sabia fazer até conta de juros melhor do que eu) trazia aquela velha canção decorada.

Certos dias me lembro, numa noite chorei num canto escuro de uma Copa, revivo a voz de minha mãe no coro que faziam para o Pedro Bento e o Zé da Estrada as irmãs Galvão.

Meus olhos de amêndoas marejados, Ah-hã!, escutam por meus ouvidos minha mãe imitando aquela afinação de voz ao cantar estes versos.

Abre a janela querida
Venha ver o luar cor de prata
Venha ouvir o som deste meu pinho
Na canção de uma serenata

Sei que dorme sonhando com outro
Desprezando quem é teu amor
Quem tu amas de ti nem se lembra
Quem te quer você não dá valor

Minha mãe me fez juntar todos os cacos dos copos. E me trocou de escola no ano seguinte.

De nada adiantou. Por lá eu sabia também de conversas cínicas, traiçoeiras e sigilosas na hora do recreio.

Que fulana trepou depois do baile e deu lasanha pra ele.

— Fedaputa! Fedaputa! — gritavam escondido. Gritavam no recreio, gritavam por trás de um pilar.

Fedaputa corria. Pegava qualquer um.

— Diga quem é o Fedaputa! Diga quem é?!

Dava uns cascudos e o zombador então dizia:

— O fedaputa sou eu!!

Mas não adiantava isso. Logo depois, à saída da aula, escondidos, quase a turma inteira gritava por entre as cercas-vivas:

— Fedaputa! Fedaputa! Fedaputa!

Fedaputa ia então de cabeça-baixa até a churrascaria. No almoço, pegava a comida e despejava no chão. Fedaputa tinha por isso o seu castigo. Ela o mandava pra casa e Fedaputa escrevia:

A Doralice trepou no domingo.

E ficava aquela música a remoer aquele final de baile:

Tiãran, tiantiam.
Tiãran, tiantiam.
Tiãran, tiantiantiam.
Tiantiam, tiantiam.
Tiãran, tiantiam, tiantiam.

"A Doralice trepou no domingo".

Mas, se eu trocava Carmem por Doralice, então eu era um poeta.

Eu era um poeta?

Como saber?

Lendo. E li então por mim:

Oh, minha amada,
Que os olhos teus

São cais noturnos
Cheios de adeus,
São docas mansas
Trilhando luzes
Que brilham longe,
Longe nos breus...

Oh, minha amada,
Que olhos os teus,
Quanto mistério
Nos olhos teus,
Quantos saveiros,
Quantos navios,
Quantos naufrágios
Nos olhos teus.
...

Ah, minha amada
De olhos ateus,
Cria a esperança
De verem um dia
O olhar mendigo
Da poesia
Nos olhos teus.

Eu relia. Eu decorei. Era a coisa mais linda que eu havia lido. *Poema Dos Olhos da Amada.*

Mas a Gorda (minha mãe agora), de corpo exuberante que começava a decair, não sabia ler, só sabia lavar pratos, falar na pia sem olhar pra trás. A Gorda só sabia ligar rádio bem alto, e o rádio ficava bem alto porque era domingo pra ela descansar.

O rádio ficava na travessinha de cima, pegada ao quartinho meu. Postinho Shell, tampinhas de Grapetti, um chaveirinho com o Calhambeque bibi, era isso aí o meu quarto.

Chaveirinho com a chave da porta e a burra da Gorda, analfabeta, no sofazinho azul. E o Fedaputinha sentado triste na porta por causa do sofá que era dele ou dela.

O sofazinho era dele e a Pepsi-Cola em guti-guti. Sentia o cheiro de lasanha, o Altemar Dutra na vitrola, nessa noite ia ter amor de novo.

Fedaputa então ouvia gritos, sussurros, gemidos de prazer. A Gorda com o caminhoneiro.

De manhã, antes de sair, a Gorda fazia a limpeza da casa. Com suas pernas cheias, vestido curto, mostrando as calcinhas.

Fedaputa! Fedaputa!

Era em todo o lugar. No Sete de Setembro, bem em frente ao palanque, Fedaputa!, provocou um dos moleques, o aixinho do Nercy.

Mais de 300 marchando às suas costas. Tambores, alinhamento, passo errado, Fedaputa!

Fedaputa até na fila da Crisma. Até na primeira hóstia ele ouviu.

Fedaputa corrompido por *Chicletes*.

— Hoje vem um homem aqui em casa. Fique quieto que amanhã te dou botas de borracha, te dou dinheiro, te deixo até fumar!

Postinho Shell, cadeirinha, calhambeque, havia um peixinho no aquário sujão.

Até que se apaixonou. E então eles gritaram:

— O Fedaputa gosta da Andiara! O Fedaputa gosta da Andiara!

E a Andiara então disse que parecia que ia arrotar. E Fedaputa ouviu ela dizer:

— Nem pra casamento na roça aquele lá!

Quando não se serve nem pra casamento na roça de imitação, é porque se é poeta mesmo.

E eu era.

E comecei então a guardar coisas e trago teus guardanapos em minhas mãos, os paninhos da tua higiene naquele antigo bacião. E eu espiava por entre tábuas esburacadas quando tu te agachava com as duas mãos. Agachava tua cabeça para a doença venérea e eu via a correntinha com o teu nome preso ao pescoço. Agachava tua cabeça para a verificação da febre e eu via teu nome a me dizer: "Vai passar! Dorme agora, meu açudinho!"

É um despregar de tábuas rangentes que se junta ao remorso dos dedos nesta penteadeira em verniz. Eras bela. Tu tinhas um sorriso de morena clara que agora teimo em esconder.

Tua face, na primeira gaveta, é uma fotografia que desbota, que não concedo mais ao espelho. Morta, teus traços ficam a denunciar: teu dorso era largo, a cintura estreita, o pé contornado por saltos e alguns goles de gim.

Na gaveta, teu cheiro e aroma. Os olhos castanhos tristes e os punhos arregaçados de vida.

Dois sofás.

O que fazer com eles?

Os teus dois sofás.

Ressonava nestes sofazinhos teu cansaço, a dor nas costas, deixava assim teu cotovelo no amparo bom.

Em que oportuno canto eu hei de escondê-los?

A casa não é mais. A casa não existe. Mas há um suspiro fundo, um desconsolo forte por essa ausência insuperável.

Por que não se afasta daqui a tua presença?

Sentada, meiga, esse teu olhar de gatinha branca que se deixa acarinhar.

PARTE 3

§ 1

O Kraftwerk é aquele do comercial do Star Sax. Aquele de um cara andando numa estrada, trilho de trens, sapatos de couro, modernos, macios, tendo ao fundo *The Hall of Mirrors* (O Salão dos Espelhos).

A música (junto com *Radioatividade*, outra ótima deles) virou trilha de formaturas, de outros documentários, mas o fato é que marcou a minha adolescência. Alcançar um Star Sax era sair do Ki-Chute, sinal de amadurecimento e prestígio junto às garotas. E também porque o Star Sax era mais discreto no odor, todos sabem.

Curti muito o Kraftwerk, principalmente porque o Joãozinho da Tia Olga não deixava passar um LP que chegasse no Bonja. Gastava toda a grana em disco, na Discolândia do outro Joãozinho, que fechou a loja para se aventurar numa funerária

Bons tempos. E a gente sempre pensava em seguir em frente, como nos fazia intuir o som daqueles caras. O Kraft era a trilha adequada para se pensar em Porto, São Paulo, Rio, alguns queriam a Bahia. Queríamos sair de Bom Jesus. A minha geração pensava nisso a sério, pois pressentia no horizonte a falta de emprego.

Estávamos certos. O vento sopra pra frente e, como um ímã, aquele grupo alemão nos indicava a trilha a seguir. Pé na estrada, sem Ki-Chute, agora calçando Star Sax.

Pode isso?

Bem americanizados, mas nada bobos. A gente ia com aqueles sapatos recitar Millôr no Ginásio Frei Getúlio, quando ainda no finzinho ditavam ordens os generais.

Desligaram uma vez o nosso som.

Ok!

Fodia-se a política, e o meu *set list* fundamental já se formando:

It's Love — Johnny Rivers
Grace – Jeff Buckley
Three of a Perfect Pair — King Krimson
Billy Jack — Curtius Mayfield
Sister Golden Hair — America
Television — Marquee Moon

Ho-ba-la-la — João Gilberto
It's Long Way — Caetano
Construção — Chico Buarque
Cristina — Tim Maia

Ficava sonolento com Pink Floyd, mas dois discos foram seminais:

O álbum *Kind of Blue*, do Miles Davis (1959).

Primeira faixa, *So What.*

E daí?

E daí que antes de começar o clássico, há uma indicação:

Duração: 00min0s

Era o tempo que Miles Davis levava para encher os pulmões.

Era como se deixasse uma linha em branco na hora de começar a "escrever" com seus pulmões. Assim, um sopro de pulmões no papel:

....

E, bravo antecipado, entra um... escute só...

Parãm.

Parãm.

Parãm.

E a bateria:

Taratataá.

O trompete:

Parãm.

Parãm.

Parãm.

E o piano largo:

Tom/ dom

Tom/ dom

Tom/ dom

Põe teu ouvido a escutar o som interno da terra, né? Escuta o som da terra oca por dentro?

É Miles.

Miles Davis.

Primordial. Parece improvisar pedindo conselhos aos seus pulmões.

E segue com o que lhe assopra de dentro, das vísceras na boa, numa melhor. Só um... escuta aí...

Taranrantararantantam

Tammmmmmmmmmmmmmmmmmm!

Ar.
Bufo.
Bufo de poesia.
Tarãm.
Taraãmamãm!
Vai, vai para os céus e quando Deus chegar lhe diga: Miles.
— Miles Davis. Prazer.
Será que consegue apertar a sua mão negra com força a mão branca e estendida de Deus Nosso Senhor??
O trompete só, só, só, não consegue.
Ah!
Hãmmmmmmmmmmmm!
Hehererereeeeeeeeee!
Ãaammmmmmmmmm!
Bateria:
Chchichiiiiiiiii
Piano:
Tom/ dom/ tomdondom
Contrabaixo:
Turum
Turum
Turum
Turundum
Turundum
Turummmmmmmm!
Ouve isso: É uma harmonia impossível sendo perfeita.
Ouça:
Pararaaaaaammmmmmmmmmmmmmmmmmmmmrammmmmmmm mmmmmmmmmmmãhhhhhahãmmmmmmmmmm!
Ah, sim. Claro. É o saxofone de John Coltrane que veio dar uma canja ali.
O imperfeito sendo coisa pra Deus pedir autógrafo na moral.
Param!
Param!
Param!
Taram!
Taram! Taram... Taram... Taram... Taram... Taram... Indo pro fim sem fim até o fim.

10.9.8.7.6.5.4.3.2.1.0.

Agora é o Jorge numa outra contagem seminal. É o fechar de *Errare Humanum est.*

O suingue carioca jogado de lado para um Jorge Ben místico e concentrado a querer saber se, afinal, eram os deuses astronautas?

Putaqueupariu que disco bom!

A Tábua de Esmeralda.

Eu quase furei o melhor vinil brasileiro que já se pariu. Hermes Trismegisto a escrever cada letra com uma ponta de diamante em uma tábua de esmeralda.

A célebre tábua de esmeralda é cada página agora. Meus olhos cor de amêndoa sempre marejados e nunca mais fui garçom a atender a própria mãe pedindo com o estalo de dedos mais duas doses de gim.

Eu sou de fechar os olhos e deixar uma linha em branco ao escrever:

....

Duração: 0min0s.

Uma linha em branco é aquela duração de 0min0s que faz o valinho de um lábio leporino como o do Beno da minha infância.

Um lábio leporino tem essa duração: 0min0s.

Miles Davis é o nosso negro Beno leporino e sem problemas no urinar.

Absoluto!

Puma.

Com um bom gosto musical, finalmente eu conquistava credibilidade e nunca mais fui chamado daquilo.

E com um *plus*:

— Áqui, se você não fosse tão esquisito, eu queria te namorar — me disse a Elaine Marítzia, quando eu reafirmei que não iria à discotéque de jeito nenhum.

E eu odiava mesmo do fundo da alma ABBA, Bee Gees, John Travolta, Danna Summer. E odiava ainda mais, sem conseguir escutar 30s, aquele horror que se chamava Boney M.

Elaine Marítzia, eu não fui verdadeiro total contigo, porque nem te disse que acima de todos eu gostava de Led Zeppelin.

Bastava não mais me chamar daquilo. EfeDePê!

Pô, EfeDePê, mas eu era bacana! Eu já gostava do J. D. Salinger. Eu gosto até hoje do Hemingway.

Me bastam. Não me faz falta escritor mais nenhum.

Mas eu gosto muito, muito, dos contos do Salinger, porque ele dá uns toques de música de vez em quando ali. *Kentucky Babe* é aquela canção que você põe a rodar enquanto segue a Rota do Sol e vai tamborilando a mão no volante. E você sabe então que está tudo bem, está tudo Ok, a paisagem corre ao lado.

A canção é aquela que Boo Boo Tannembaum cantarola, a bela mãe do conto de Salinger sobre um menino que se nega a deixar um bote. Boo Boo está vestida de suéter preto de gola virada, bermudas, meias soquetes e mocassins (com aquele rosto eternamente memorável, sem ser exatamente bonita) e vai cantarolando enquanto se aproxima do lago.

O danado do Salinger era ótimo mesmo para criar estes bons momentos. Bom de descrição e ainda nos dá *Kentucky Babe* de barbada no deslocamento da mulher de 25 anos.

Em um outro conto de Salinger, *A fase azul de Daumier-Smith* (ele está em *Nove Estórias,* no qual também se encontram os extraordinários *Para Esmé, com amor e sordidez* e *Lindos Lábios e Verdes Meus Olhos*), aparecem outras duas canções, cujas letras ficaram gravadas na mente do personagem: *Sweet Sue* e *Let Me Call You Sweetheart.*

Por curiosidade, ouça. Estão as três por aí. Mas é mesmo *Kentucky Babe,* na interpretação de The Clovers (um grupo dos anos 50, e gravada, portanto, anos depois de escrito o conto, que é de 1942), que "gruda".

E fica na cabeça enquanto você sai em retirada para Bom Jesus ao longo da Rota do Sol. E você bate então no volante, dá o ritmo tamborilando no volante e segue olhando para o horizonte. E você vê então a primeira casa, tua mãe de criação nas manhãs mais frias, as cercas-vivas tomadas de sol, um alto-falante na torre.

A primeira aula, a primeira namorada, as festas de São João, uma fogueira. A calçada de nós de pinho na praça. As peras em seu tempo, Seu Epaminondas tocando as vacas. E um Zecateca a pedalar por mais de 48 horas, e se dizendo do México, vissem os recortes do jornal.

E muitos outros rostos surgem na estrada e umas casas quase sem cumeeiras porque a fumaça empesta e cobre de um foguetório o próprio ar. Há um exército de Bom Jesus, cada feição, mesmo dos mortos, vestidos, gravatas, uns close-ups pra se guardar. Cada emoção no rosto das jovens e os rostos com vincos, mais velhos, muito aos pares, tudo no tamborilar da mão.

§ 2

Se o Romualdinho e a Laurindinha, bem grudados, soubessem o que é a 3ª Sinfonia do Beethoven, iam, grudadinhos como chicletes, dizer: "É a Terceira Sinfonia Heroica dos Gaudérios. Deixe nosso amor que não se desprega ao dançar".

No disco brasileiro de Miles Davis, intitulado *Noites Calmas,* ele surpreende: "a lenda do jazz", o Brahma do improviso, tem a singeleza de soprar seu trompete na música gaúcha de domínio público *Prenda Minha.*

Como é que o Beno nunca tinha tido essa ideia?

Nosso Beno do Bonja, saxofonista melhor de Bom Jesus, nunca se arriscou no *Prenda Minha?*

Será que se urinava por não ficar bom?

Ah, mas se até o Argeu gaiteiro tocava a sua Sinfonia Nº3, *O Casamento da Doralice,* fazendo o salão tremer!

Miles Davis chama apenas de *SONG Nº2* a *Prenda Minha* no *Quiet Nights*:

Vou-me embora, vou-me embora,
Prenda minha,
Tenho muito o que fazer.
Tenho de ir para o rodeio,
Prenda minha,
Nos campos do bem querer.
Noite escura, noite escura,
Prenda minha,
Toda noite me atentou.
Quando foi de madrugada,
Prenda minha
Foi-se embora e não voltou

Fora de baile, era só com a *Prenda Minha* que o Romualdinho e a Laurindinha se desgrudavam.

Romualdinho chamava de fato à Laurindinha de "Prenda Minha".

E não só. Fosse Fundo das Almas, Oaio, ou o preferido Bom Jesus, na terra em que nascera o Seu Doca do Baile *Prenda Minha* para muitos servia por toda a direção do amor.

Era como uma flor ofertada à mulher amada dizer assim: "Prenda Minha".

Era como um namoro, noivado, um "sim, te aceito como esposa, na doença e na tristeza" dizer "Prenda Minha" na frente do padre e do altar.

Prenda Minha.

Ah, o "king do improviso", o grandioso Miles Davis teve essa percepção. Interpreta o *Prenda Minha* com uma suavidade que o trompete parece seus lábios estranhar: então não vai brincar com as notas, fazer reviravoltas e carambolas com as frases musicais?

Não vai encrespar os cabelos com seus improvisos de sopros da sua Prenda Minha no disco do Brasil?

Noites calmas.

Miles Davis, assombrosamente, seguia a pausa simples e sensível que bota a letra no bolso com aquela melodia que se esparrama bem esparramadinha no campo do bem querer.

Seu Benjamim Antônio Heiurque tinha 154 milhões de hectares de campo do mal querer. E pelo mau querer pagou com a vida.

Nosso Senhor Jesus Cristo tire o mal querer do que se conta agora aqui, do Áqui.

....

Deixe só o bem querer. O bem querer entre Romualdinho e Laurindinha, prenda sua. O bem quer entre Seu Galion e Minerva, prenda sua. O bem querer entre o Marmelada e a Dona Remígia, prenda sua. O bem querer entre o Teolino e a Tuca velha, prenda sua. O bem quere entre o Pipira e a Edê, prenda sua. O bem querer de Hermeto e Arcília, prenda sua. O bem quer de J. M. e madrinha Lelé, prenda sua. O bem querer do Altino Bonito por Sebastiana e Benta, prendas suas.

O bem querer de Getrudes. O bem quer de Maria, de Sidina, de Remígia, Ercília, Esina e a Vó Duéca, prendas nossas.

O bem querer da Orazília benzedeira que dizia que curar inchaço no pé com picada de formiga era só com o beijo de um lábio leporino.

— Eu não disse que não queria morrer na Bahia! — o Seu Doca vibrava.

— Chame o Beno aqui, Áqui!

E o Áqui, o Achilles da Carmem saí para azer mais um favor. Mais um. Rejeitou receber por garçom no baile. Devolveu no domingo à tarde ao Seu Doca até as gorjetas que ganhou.

— Nunca mais quero ser garçom na vida — dizia. — Faço ainda mais esse favor porque é por inchaço, doença, e só. — informou.

Saiu à procura mesmo do Beno saxofonista, que por ser saxofonista, não tinha um trabalho fixo. Ou não tinha "trabalho nenhum", como criticava o Seu Archbold Obetz, que tinha vindo direto de Ohio da América pra trabalhar, trabalhar e enriquecer.

Trabalhava até no domingo. Só uma vez parou. Foi pra ver o Homem pisar na Lua. Afinal, era o Neil Armstrong, conterrâneo dele do Ohio original.

Não esse Oaio do Sul e do araque, em que só pensavam em chegar o sábado pra irem se agarrar no salão e as costas deixar coçar.

— Prenda minha, foi de nós que ele falou — reagiu o Romualdinho.

— Não, foi de mim — assumiu a indireta a mãe Carmem. — Isso é puro despeito porque nunca pra ele olhei.

Chegava, por fim, o Beno com seus dois beicinhos, que na realidade eram apenas um. Ia fazer então o que a Orazília mandara: beijar o pé esquerdo inchado.

Ajoelhou-se. Fez um sinal da cruz que não estava previsto e deu um beijo bem demorado no pé com derrame e inchaço do Seu Doca do bailão.

Um jazz.

Aquele beijo de improviso era uma paisagem improvisada de mais de mil notas do mais puro jazz.

Ao Pé da Cruz era a Faixa 5 do disco brasileiro do Miles Davis.

Ao Pé do Possidônio era a faixa de solidariedade que o Beno Saxofonista estendia agora ali.

O Beno de Bom Jesus era o Miles Davis, sendo também universal. Seu gesto tão humanitário elevava o moreno de olhos verdes ao pedestal do jazz.

Miles Davis. Beno do Bonja. Os homens movidos a pulmão tinham também um bom coração.

O tempo que demorou pra desinchar o pé esquerdo do Seu Doca nunca se soube bem. Mas que desinchou, desinchou.

Ah, Orazília velha com as suas mandingas e se envolvendo até com jazz.

Ah, vida que fica mais vida quando entra música e beijo de carinho, afeto e amizade entre dois caras irmãos.

O campo do bem querer entre o Torresmo do Hotel e a Lurdes. Serviam gelo mesmo de madrugada quando o Bailão do Doca já ia quase no final. E tanto queriam ajudar que mandavam gelo emprestado que duraria até o sábado seguinte.

O campo do bem querer entre Bibílio e Palmíria.

O campo do bem querer do soldado Wellington que não ia muito bem. O campo do bem querer da Beverly não batia com o santo dele.

O campo do bem querer da erótica Rafaela que era da zona do meretrício. Uma mulher linda, carinhosa, prenda prendada evidenciando os seus coxões.

Dona Mariinha nunca teve o campo do bem querer, nunca foi prenda de nenhum, terra de homens sem amor. Decerto é o que ela pensava, decerto é o que ela injuriava, quem sabe é o que ela praguejava por viver na solidão.

Prenda nenhuma no Rodeio da Solidão.

§ 3

A prenda minha do John Lennon foi a Yoko Ono. O açudinho meu da Carmem, apesar de todos os copos quebrados, era o Achilles do coração.

É que músico, músico mesmo, eu, como Achilles, nunca achei lá o John Lennon. Tinha mais admiração pelo John Winston (*1940+1980).

John Winston, como Achilles, teve um pai covarde, que não assumiu o resultado de sua folga de sair a engravidar por aí. John Winston, assim como Achilles, era filho de mãe solteira e gostava de beber, às vezes pouco, socialmente, às vezes se afundando num litro de gim.

John Winston, assim como Achilles, foi criado por uma segunda mãe.

John Winston era um puma de esperto, que além de fundar os Beatles, fez quase sempre sozinho as letras das canções.

Era um poeta. Era um cara de olhos marejados a se esconder no canto mais escuro da Copa em pleno bailão.

Achilles nunca gostou de Paul. Achilles simpatizava com o George Harrison, muito bom instrumentista, e sobre Ringo nem havia o que dizer.

O Cebolinha, o Seu João Jabur Scandor, a Dona Graciema, a negra Celina, o Seu Ari Estropiado e o Seu Adílio Gonçalves também. Para todas estas pessoas sempre ficou o enigma:

or que se separaram os Beatles?

Por que eles não eram mais importantes do que Jesus Cristo?

Eram, sim.

Yesterday é a canção popular mais linda que jamais se fez. É letra e melodia do Paul McCartney só.

Mas eu não sei, eu não sei, aquele Paul não chegava aos pés de John, nem que John inchasse demais o pé com a picada de um formigão.

Nunca estiveram no Brasil. Nunca estiveram em Búzios ou Porto Seguro, mas se divertiram em eternas férias, feito quatro débeis enquanto o grupo durou.

Yoko, a prenda de John, estava numa muito outra enquanto os rapazes de Liverpool se vestiam de ursos. Yoko estava numa muito outra enquanto os quatro cabeludos cuidavam as franjinhas. Yoko estava numa muito outra enquanto aqueles terninhos despiam escancaradamente os casacos de couro de cada um.

Despir por despir, Yoko que estava numa muito outra, deixaria John nuzinho em pelo a lutar pela paz. Isto depois. Depois que ela saiu da outra e entrou na dele com a alma, o coração e sua urina, se John pedisse à Yoko “Mija em mim!”.

Yoko era artista plástica de performances inusitadas para as cabecinhas daquelas fãs histéricas. Yoko instalou um gravador num banheiro feminino e gravou quase 50 puxadas de descarga das urinadas que aliviam, sim, sim, como sempre, sim.

E John vestido de urso. Fingindo que esquiava. Ensaiava uns passos de Fred Astaire ou Chaplin que eram de constranger.

Era tudo muito amador, infantil, não tinha nada de simplicidade, havia letras que eram de doer:

Oh! Querida

Oh, querida
Por favor, acredite em mim,
Eu jamais lhe farei mal algum.
Acredite-me quando lhe digo,
Eu jamais lhe farei mal algum.
Oh, querida
Se você me deixar
Eu nunca vou fazer isso sozinho.
Acredite em mim, eu lhe imploro,
Não me deixe sozinho.
Quando você me falou
Que não precisava mais de mim,
Bem, você sabe, eu quase
Entrei em colapso e chorei.
Quando você me falou
Que não precisava mais de mim,
Bem, você sabe, eu quase
desabei e morri...

Oh! Darling!
Yoko ria disso. Era ruim demais. Era ruim demais para ela que frequen-

tava John Cage, o comedor de cogumelos e autor de música sem som.

E John vestido de urso.

Conheceram-se dois anos antes, numa exposição-performance dela, antes portanto de The Beatles esfumaçar.

Em plena Nova York, John entrava de gaiato no navio.

Yoko se sentava no centro da sala, com um vestido oriental, e oferecia uma tesoura a cada visitante. Ele devia então cortar um pedaço de sua vestimenta.

Nem tantas tesouradas depois, restava Yoko nua. Em pelo em Nova Iorque. E isto era arte.

John, já com 22 anos, cabeludo de franjinha, terninho de escolar inglês, deixou crescer a costeleta. Passou a falar de política, de direitos humanos e a negar o LSD.

Para o gosto de Paul, aquilo não andava bem. A parceria já não funcionava. Nem em letras e melodias. O *Sargento Pimenta* já pegara o bom-mocinho McCartney de surpresa.

Cada um já estava tomando o seu estilo para si, embora viesse no disco a mais linda canção da carreira febril: *A Day In The Life.*

§4

Um dia na vida.

....

Meu pai Achilles achara Beno para o beijo no pé inchado em poucos minutos. Ele sabia um dia na vida de cada um de Bom Jesus: sabia do Nenzinho e sua gaita de botão. Sabia um dia na vida do Chapinha da tarola menor. Um dia na vida do Vovô sem netos e do Israel Ioschpe comprador de hortelã. Um dia na vida do Perereco no snooker com seu fancho auxiliar. Sabia um dia na vida da Dona Ziduca, que era só Dona Ziduca e só. Um dia na vida de Seu Alibrino Jocundo com suas bombachas com rendinhas laterais. Um dia na vida do Bolão a emagrecer. Um dia na vida do Cascata, que por acaso era campeão de natação. Um dia na vida de Dirôdo da Tipografia Mozart. Um dia na vida das pedras retalhadas marreta pra igreja ter por fim seu murão. Um dia na vida do Seu Bite, seu bandoneon e seus cantores, do Romano Boff num flautim. Um dia na vida de Zaira e Teresinha e de todas as outras mulheres que começavam com "Tê" ou com um "Zê". Um dia na vida da Rosa do Avon. Um dia do Sinaleira, coitadinho que era birolho e atendia com paciência se a cliente lhe pedisse rosa preta e nem outra mais. Seu Bento e sua Caderneta Mensal com juros diários, com juros a minutos, como dizia quem não pagou. Um dia na vida do pandeirista e mais uns dois. Um dia na vida do Seu Serafim do Bairro Perau, que se chamava de vila quase no centro. Arcelino e Crispim. Um dia na vida do Francisco Spinelli espírita e do Dr. Simões só doutor. Um dia na vida do Seu Alorindo que entregava o jornal de ontem. Um dia na vida de Dona Marieta que aplicava injeção. Um dia na vida do Lutero Jacoby num bombardino, do Celso Paganella na caixeta e do Nelby Torres no bumbão. Um dia na vida da Dona Clovoir no Coral.

Um dia na vida do Benhur-Benhur-Benhur!

Um dia na vida da Maria Louca e suas gurias controladas pela Higiene Municipal. Um dia na vida da zona do meretrício à noite e com falta de luz. Um dia na vida do Lambreta, mas que tinha um Decavê. Um dia na vida daqueles que tocavam gaita e durante a semana consertavam fogão. Um dia na vida do Foguinho de Palha, do Seu Manuelão que carregava o carrinho do lixo e da Dona Joana Corso que virou museu.

Um dia na vida da Infalivina que usava roupa de lã no verão. O Tio Purça que lia o *New York Times* em Oaio do Sul. Um dia na vida do meu pai Achilles que sabia na cidade cada um que usava chapéu.

Achilles, meu pai me contou, ainda menino, sabia da melancolia, da saudade, de gente de coração grande e bom. Havia o Jerivá, a Cacilda. Havia o Juvenal Rosa, o Varanda, o João Bola e a Rita, ah, meu Deus!, estas figuras de Bom Jesus ou era Oaio do Sul?

O Chico. O Cetegê. A Sebastiana, a Benta, olha o Morita por aqui, com a sua "tinta de tintá". O Estropiado, o Seu Alberto do Cinema, o Joãozinho do Seu Ney.

Que fim levou a Rola? Onde andará o Dezesseis?

Dezesseis era mesmo um nome como o 18 Brumário foi.

O Seu Epaminondas Rosa presenteando uma maçã.

O Adão Huff presenteando carne em cada Natal.

Meu pai sabia de um dia na vida do Seu João Pitoco. Sabia até o salmo que o Seu Ernestão leria na bíblia da própria igreja matriz. Um dia na vida do Cadega do ônibus da Regius que estava sempre de óculos Ray-Ban.

Uma calçada de nós de pinho. Achilles, meu pai, acompanhou a morte do Seu Dorivalzão. Ouviu o Seu Macedo gritando "Viva o Brizola" na Legalidade, sim.

Um dia na vida do frei Remígio com sua lambreta mal e mal. Um dia na vida do Seu Abdon Bulahud, do Seu Abilinho que era juiz de menor.

Um dia na vida do Seu Ararê, o delegado num jipão, que dava ordem verbal pra guri trabalhar de garçom.

Um dia na vida de Adail Hugen que fotografava e Seu Gegê que benzia e com suas benzeduras rivalizava com a Orazília também.

Um dia na vida de Seu Julião?! Na verdade, Zulian.

Um dia na vida do Inspetor José Ivan.

Um dia na vida do Acobar do Conselho Tutelar Feminino que usava pulseiras nos punhos e era também da Polícia Civil.

Investigavam a morte do Seu Bejo, morto junto do sobrinho, no meio de um milharal. Um dia na vida foi só no que se falou.

No incêndio da casa da Dona Rute.

Mortes. Silêncios no plural. Achilles ainda menino sabia da fala, do sotaque de cada um: Salve, Zé Gaúcho!!! O Seu Bento Valim.

A Dona Bilia tocava o sino. A missa era às seis. Não passava um minuto das seis. O picolé do Marinho Téia.

Achilles, meu pai, dizia que parece que ele ouvia ainda *A Voz Amiga* a comunicar o acidente com os freis Getúlio e Damião. Botaram a 9º Sinfonia do Beethoven antes de dizerem que o frei Getúlio morreu.

Um dia na vida na torre da igreja, Achilles, meu filho, como eu mesmo agora faço com você.

Dona Matilde.

A Dona Matilde da bica que tanto serviu Bom Jesus.

Meu pai teve três madrinhas. Ia disso esquecer?

Da Zulmira, irmã da Celina, que eram netas de escravos libertos e que gostavam de meu pai.

Áqui, lhe chamavam.

O Rachid, o Zoinho. O Torresmo, o Cebolinha e eu de garçom.

O Cascata que um baita de um bar abriu. Foram depois pra Bahia abrir churrascaria por lá.

Em Bom Jesus, Oaio do Sul ou Fundo das Almas parece até que é melhor o carinho e as alegrias também.

Minha única noite de garçom surgiu por um urgencião: um pé esquerdo bem inchado, inchadaço, que o Seu Doca se deixou picar por formiga que caminhava em restos de acarajé.

Já falei de Juvenal e Juvenil, meu filho?? E do senhor Timbum? O dom da oratória de Alceu Frasseto, já te relatei??

A sabedoria do Seu Huga Becker, um mestre na História Geral, já??

Achilles Jr, meu filho, deixa eu te contar de "tudo" o que eu sei. Que velaram o piloto morto no Clube Santa Cruz. E o Seu Baginho, que tinha uma boa memória, disse que se lembrava dos dedos do pé do piloto até.

E um certo médico, lembrado como Bili, tinha se suicidado no hotel de Dona Artulina e, ah, o Seu Vitório De Nale só no Secos & Molhados, sim.

A memória de Achilles é mais cheia de gente do que de paisagem. É que as Sete Colinas que formam o Bonja são para o Áqui (desde os nove anos fazendo troco de cigarros num baile) gente também. E lembra do pai do Postinho procurando água nos campos com uma forquilha a vibrar. Eram o homem e a paisagem em comunhão.

Um dia na vida de quem nunca mais se ouviu falar: Esnilzo, Sidino, Sansão e Algacir.

Eu, Achilles, recordo ainda mais ou menos o Seu Dorico e o Bom Jesus. É que Dayton, Wellington e Bom Jesus, em Bom Jesus, é o nome de um brigadiano. Irmão Tristão era um pastor.

Um dia na vida do Dorivaldo e ele foi matar o Aristidão.

O Bastião Pinto acena apenas com um dos braços, com seu sorriso tímido e segura um saco de estopa com a outra mão.

Já vai passar aqui o funeral de Frei Getúlio e Damião.

Dona Itália. Jalusa.

Shosanna, meu amor nunca amor, com sua Conga branca bem legal.

Um só dia na vida de meu pai Achilles, que sabia de cada um e muito mais de LPs. Meu pai Achilles sabia que John era o homem mais carente de afeto que para Yoko surgiu.

Meu pai Achilles e John Winston Lennon. Muito iguais.

PARTE 4

§1

Na Metropolitan Opera House, em Nova Iorque, o maestro entra no palco e se posta em frente da consagrada Bulgarian Symphony Orchestra. Os músicos ficam atentos ao maestro. John Cage, no entanto, não esboça o mínimo movimento com a batuta. Impávido. Nenhum movimento.

A plateia, no primeiro instante, aguarda. Mas não há o que aguardar. Nos próximos instantes haverá apenas um maestro estático, uma orquestra feito estátua de pedra para a eternidade. Apenas o silêncio no palco. Sussurros. Tosse. Remexer-se nas cadeiras na plateia. No palco, o silêncio. O silêncio. O silêncio. O silêncio.

4'33" é a sinfonia (sinfonia sem som) de John Cage, o mais inventivo músico após o dodecafonismo fundado por Arnold Schoenberg, nos anos 1920. A Sagração da Primavera, de Igor Stravinski, escancarara de vez as portas para o atonalismo e a experimentação na música clássica daquele tempo. Schoenberg então experimentou retrabalhar a harmonia como jamais se fez. Judeu, ele depois fugiria do nazismo para lavrar o solo da música erudita contemporânea na Los Angeles onde se estabeleceu.

John Cage (a quem Schoenberg dava aulas de graça) seria o seu maior fruto, embora, filho pródigo, viesse a confrontar as estimadas harmonias do velho Schoenberg com as suas dissonâncias radicais. Bateram de frente.

Na Europa, no Pós-Guerra, Anton Webern, ampliaria o que Schoenberg inventara: a harmonia musical seguindo uma escala quase, ou propriamente matemática. Era o serialismo. Logo, músicos como Piere Boulez e Stockhausen introuziram outras formas de timbres musicais além das notas, como ruídos, murmúrios, barulhos, e mesmo tons que advinham de religiões. Estavam já na fase pós-serialista, que nos anos 50 teria a fulminante influência de John Cage, e a música já atingira a sua fase concreto-eletrônica.

Místico, apreciador de alucinógenos, Cage que se negava a envelhecer, viria também naquela época se envolver, para além da música, com outras áreas da cultura que mergulhavam sem rede, como a pintura. Em pleno predomínio absoluto da arte abstrata, John Cage era admirador de Duchamp, que criara em 1917 a grande polêmica nas artes plásticas, ao apresentar a sua instalação *Fonte* (que nada mais era que a reprodução de uma privada, um mictório público) no que era para ser uma exposição de suas telas.

Fruto destas influências, John Cage, nos anos 60, fundara em Nova Iorque um movimento chamado *Fluxus*, que acolhia exatamente aqueles artistas plásticos e músicos "fora de lugar" e com o gene da ousadia a correr nas veias.

Entre os frequentadores do *Fluxus* estava uma jovem de ascendência japonesa, magrela, o que contrastava com seus densos cabelos negros. Chamava-se Yoko Ono, inteligente, herdeira de um banqueiro japonês, se mudara de Tóquio para Nova Iorque em 1959.

Yoko encontrara no *Fluxus* a sua turma, e logo fez algumas exposições, sendo que "a melhor", entre as suas "telas", seria aquela em que oferece uma parede em branco aos visitantes para que escrevessem o que lhes desse na telha ou apenas garatujassem o seu nome.

Era óbvio que The Beatles, maior fenômeno da música mundial até então, chegara aos ouvidos de Yoko. Muito mais quando os rapazes de Liverpool, em 1964, pisaram pela primeira vez o solo e os palcos dos Estados Unidos da América.

Voltariam outras vezes. E uma dessas turnês coincidiu com a exposição de Yoko. Aquela da parede nua a que o líder dos Beatles compareceu para assinar quase no centro: John Lennon, com a sua letra miúda.

Conheceram-se na mesma noite e isto se deu dois anos antes da separação da banda – eles eram quase adeptos de religiões orientais, tinham problemas de relacionamento, estavam de saco cheio do dia a dia estressante e, pior, das desavenças entre letra e composição.

Paul McCartney iniciava uma música e passava para John terminá-la sem sequer haver um encontro, como fora no começo. No início, compunham lado a lado as grudentas e consagradas canções.

George Harrison via acumularem suas composições pessoais, "Minhas gavetas já se enchiam com minhas fitas", e recebia espaço nos discos dos Beatles de uma ou duas faixas, quase uma complacência dos amigos Paul e John. George, também muito sincero, já não escondia aos mais próximos a sua fadiga com tantas viagens, compromissos, conviver os quatro por quase já uma década.

O terreno estava fértil para a separação. E foi quando Yoko e John passaram a ter encontros mais frequentes e a imprensa mundial, por fim, os descobriu: uma megera e, agravante, mais velha que John Lennon, viera para acabar com os Beatles para nunca mais.

§ 2

É possível pescar nos filmetes dos Irmãos Marx, Harpo em dueto com Chico (Chico Marx era excelente pianista, enquanto Harpo se virava mesmo com a harpa, daí o codinome). No dueto, que é dos momentos memoráveis da história do humor, eles tocam...

Num outro filme, se vê Harpo literalmente destruindo um piano enquanto executa Rachmaninov. É o pianista rindo do caos de ruídos, sem perder um segundo a nota.

Harpo escreveu uma autobiografia que intitulou *Harpo fala*. Genial, porque ele se notabilizou nos filmes dos irmãos exatamente por nunca falar. Harpo era hilário, tapava a cabeça com uma peruca desgrenhada e fazia suas "gags". Ao lado de Chaplin e Buster Keaton, os Irmãos Marx são reconhecidos como os comediantes de maior espirituosidade. Das situações mais sérias ou corriqueiras tiravam saídas geniais. Influenciaram gerações.

Influenciaram os imbecis que eram os Beatles, uma turma de jovens se divertindo em férias eternas.

Filhos da terra do refinado *humour*, o humor que os Beatles faziam era banal, amadorístico, quase infantil. Simplório como a maioria das letras das canções.

Um empurrar-se de corpos que beira infantilidade, os quatro Beatles fingem que esquiam, se fantasiam de palhaços, arremedam mal e porcamente certo passos de Fred Astaire.

Vestem-se de urso.

É constrangedor visto com distanciamento, mas, à época, havia uma legião de fãs em histeria de baixar hospital vendo aquilo.

Lágrimas sinceras, olhos marejados de garotas que viam em carne e osso o que logo seria o maior fenômeno mundial da história da música.

Cabeludos de franjinha. Terninhos alinhados. Só que John já tinha 22 anos no auge de toda aquela bestialidade.

Depois de dizer que eram mais conhecidos que Jesus Cristo, John logo deixou crescer a costeleta, a se envolver com política e direitos humanos, o que aos ouvidos do filhinho da mamãe, Paul, soava muito mal.

A parceria já não funcionava. Nem em letras, nem em melodias, nem em drogas compartilhadas e muito menos nas brincadeiras juvenis.

Meu pai um dia me falou que "Não é que Yoko não tinha graça. Yoko não achava graça". E John estava encantado por ela.

E entra então em toda a história a famigerada lenda da mulher má que acabaria com os Beatles.

Não acabou. Yoko e John já se conheciam há dois anos. Era já a segunda exposição de Yoko a que ele comparecia e Yoko, sentada no centro de uma sala, com uma vestimenta tradicional do Japão, oferecia uma tesoura a cada visitante, cada um que cortasse um pedaço da peça que encobria seu corpo. A performance deveria resultar em Yoko totalmente nua.

John já estava encantado há muitos meses.

Em 1970, Paul McCartney vem a público para anunciar o fim dos Beatles, depois de terem lançado o último disco, *Abbey Road*. Apesar do sabido cansaço e exaustão da convivência, dos projetos pessoais — John e Paul já haviam lançado discos solos —, McCartney lançou farpas contra Yoko, reforçando a intuição das fãs inconformadas com o final da banda The Beatles: Yoko Ono era uma mulher má.

E John retrucou cantando. Compôs *Como é que você consegue dormir?*, música na qual faz um retrato absolutamente detonador da personalidade e até mesmo do talento musical de Paul.

E, depois, se recolhe. Vai para baixo dos lençóis com Yoko, ou melhor, vai se destapar de lençóis, mostrando o casal nu em uma cama enorme com um cartazete que pedia "Uma chance à Paz".

Cabeça feita ou não por Yoko, o fato é que John, além de encontrar aconchego para a sua velha carência afetiva, encontrava em Yoko a cúmplice perfeita para suas composições solo, em que o seu talento de poeta de certo rigor iria se estabelecer.

Juntos em Nova Iorque, num tradicional edifício da capital norte-americana, o Dakota, John alternava lançamentos de ótimos discos com reclusão completa com Yoko. Vez em quando, aparecia em shows ou comícios, e sentava a lenha na ainda inexplicável e desigual Guerra do Vietnã.

Richard Nixon, a Cia, os conservadores americanos começaram olhar para John mais como um subalterno de Yoko — e já intrigados com a sua repentina e explícita simpatia pelos russos, na efervescência da Guerra fria.

John Lennon se tornara um militante de causas humanitárias e sociais.

E voltava também à infância. Compõe *Mother*, que é um ajuste de contas, um desabafo interpretado quase às lágrimas, se queixando da falta do pai ausente. "Você nunca esteve aqui, quando eu mais precisei".

Lamenta-se também da mãe. Mãe ausente, desafetiva e lá com seus gins, fazendo com que uma tia acabasse por criar o triste sobrinho. John só se alegraria já na adolescência quando a tia lhe presenteou com uma guitarra em certo Natal.

Já conhecia Paul, por se cruzarem no mesmo bairro de Liverpool onde nasceram e, através de amigos comuns do colégio, encontraram George Harrison. Estava nascendo The Beatles, com a chegada de Ringo Star logo depois.

Casacos de couro, rock'n'roll nas pegadas de James Brown e Elvis Presley, fizeram um show pela primeira vez fora da Inglaterra, em Hamburgo, na Alemanha. E foi quando tudo mudou.

O proprietário de uma loja de discos muito forte de Liverpool, dublê de crítico musical, entrou em suas vidas: Brian Epstein. E tudo mudou: comportamento, roupa, cabelos, cuecas, mudaram a cena da música universal.

Encordoavam um sucesso atrás do outro. Cada canção era uma canção pra conquistar. E ganharam fãs mundo afora com a revelação de sentimentos simples, cotidianos, o dia a dia dos jovens que eternamente sofrem por amor. As melodias também grudavam. Eram alegres, divertidas, dançantes, dançantes, dançantes de moverem mausoléus.

SOMOS MAIORES QUE JESUS CRISTO — disse John Lennon para as manchetes.

§3

Puma.

— Mas você já sabe tanto fazer troco, menino?! Levei meia vida pra aprender a deixar de ser logrado.

Seu Milito, velho negro quase centenário, "apaziguador" de brigas feias só pelo respeito ao seu levantar de voz, chegara antes no Salão do Doca. Era aquela noite de reestreia do Clube Princesa, com o seu proprietário com o pé inchado, inchado, o inchaço subindo às canelas.

Seu Milito simpatizara logo com Áqui, "o filho da Carmem", que estava ali, roupa de crisma, gelzinho no cabelo, para colaborar com o Seu Doca de pé inchado e aprender a ser garçom.

Menino bonito

Feche seus olhos.
Não tenha medo.
O monstro se foi.
Ele está correndo e seu papai está aqui.
Bonito, bonito, bonito.
Menino bonito.
Bonito, bonito, bonito.
Menino bonito.

Antes de dormir
Faça uma pequena oração,
Diariamente em todos os sentidos.
Está melhorando e melhorando.

Bonito, bonito, bonito.
Menino bonito.
Bonito, bonito, bonito.
Menino bonito.

Lá fora no oceano navegando
Eu quase não posso esperar

Para te ver mais velho.
Mas eu acho que vamos apenas ter que ser pacientes,
Porque o caminho é longo.
Uma vida dura para vencer.
Sim, é um caminho longo,
Mas enquanto isso

Antes que você atravesse a rua
Segure minha mão.
Vida é o que acontece a você
Enquanto você está ocupado fazendo outros planos.

Bonito, bonito, bonito.
Menino bonito.
Bonito, bonito, bonito.
Menino bonito.

Antes de dormir
Faça uma pequena oração,
Diariamente em todos os sentidos.
Está melhorando e melhorando.

Bonito, bonito, bonito.
Menino bonito.
Bem, bem, bem,
Querido Sean.

Yoko Ono considera *Beautiful Boy* a música mais bonita que já ouviu. Ela é fruto da inspiração de John ao ver o filho do casal saindo do berço para dar os primeiros passinhos.

O velho tropeiro centenário, Seu Milito, se soubesse Inglês, por certo cantarolaria a canção como boas vindas a Achilles naquela noite em que Achilles se refugiara no canto escuro da Copa para não assistir a um estranho fazendo cócegas e coçando as costas nuas de sua mãe em pleno salão.

Os dentes bem conservados, com um bocão de Jamelão puxando samba-enredo da Mangueira, Seu Milito se sentiria como um pinto no lixo e entoaria então:

Close your eyes.
Have no fear.
The monster's gone,
He's on the run and your daddy's here.
Beautiful, beautiful, beautiful,
Beautiful boy.
Beautiful, beautiful, beautiful,
Beautiful boy.

Before you go to sleep
Say a little prayer.
Every day in every way
It's getting better and better.

Beautiful, beautiful, beautiful,
Beautiful boy.
Beautiful, beautiful, beautiful,
Beautiful boy.

Out on the ocean sailing away
I can hardly wait
To see you come of age.
But I guess we'll both just have to be patient,
'Cause it's a long way to go.
A hard row to hoe.
Yes it's a long way to go
But in the meantime

Before you cross the street
Take my hand.
Life is what happens to you
While you're busy making other plans.

Beautiful, beautiful, beautiful,
Beautiful boy.
Beautiful, beautiful, beautiful,
Beautiful boy.

Before you go to sleep
Say a little prayer.
Every day in every way
It's getting better and better.

Beautiful, beautiful, beautiful
Beautiful boy.
Darling, darling, darling,
Darling Áqui.

— Darling boy — diria o Seu Milito. Mas o Seu Milito, filho de escravos, mal dominava 200 palavras em português.

Seu Milito era tirar e não pôr a cara do motorista do pintor Iberê Camargo. Iberê, como Paul, não admirava nenhum pouco as instalações de Yoko, ou fossem de quem fosse. .Chamava aquele tempo de "a era do penico quadrado", ironizando sarcasticamente o que Marcel Duchamp começou.

Iberê contava que, certa vez, convidado por um simpático jovem artista, foi à sua exposição. Lá, a instalação era toda de arame farpado. Iberê então disse que deu vontade de mugir. E mugiu.

— Múuuuuuuuuuuuuuuuuuuuuuuuuuuuuuuuuuuuu!

E saiu escada abaixo com o seu casaco dependurado nas costas a blasfemar.

— Vaca!

Paul McCartney, tão logo ocorreu a separação da banda, era agressivo com Yoko.

E Yoko retrucava em pé de igualdade.

— É só um rostinho bonito, oco por dentro.

Tanto John como Yoko achavam que Paul sempre quis ser o "líder", o que naturalmente nunca conseguiu. Sua ambição não tinha tamanho, e eu disse ao meu filho — contando sobre as desavenças entre os três —, que garantia que o sonho de McCartney era ainda receber o Prêmio Príncipe das Astúrias por sua contribuição para a cultura, por sua contribuição para a literatura mundial.

§4

Salinger sempre foi o meu escritor favorito, ao lado de Hemingway. Procurei passar os livros para o meu filho, mas lhe falava do meu "pé atrás" com *O Apanhador no Campo de Centeio.* Salinger, de contos geniais, era também o autor de um livro que, como os Beatles, soube expressar os conflitos, as incertezas, a melancolia e a solidão que cada geração de jovens encontra em sua vez.

The Catcher in the Rye sempre foi bem recebido e lido aos milhões pelos jovens. E teria sido nas páginas deste livro, depressivo, melancólico, sem a afetividade dos pais, que o jovem Mark David Chapman encontrou a inspiração para o seu único feito na vida: cravejar o corpo de John Lennon de balas, quando Lennon saía do edifício Dakota na manhã de 8 de dezembro de 1980.

De campana, à espera de seu maior ídolo, Chapman disparou cerca de sete tiros em John, que tombou para um lado e seus óculos, "os óculos de Lennon", se espatifaram na pedra do hall.

JOHN LENNON FOI ASSASINADO

Nem o atentado fatal contra J. F. Keneddy, em 1961, teve igual repercussão.

JONH LENNON FOI ASSASSINADO

A manchete do Século XX. Nem o homem pisar na Lua foi tão falado então.

Seis meses antes, John e Yoko, ainda de pijamas na cama, abriam presentes que os fãs costumeiramente mandavam. Enquanto Yoko abria caixas, Lennon se concentrava mais em ler as cartinhas dos fãs. E se espantou com uma delas.

— Veja isso, darling!

— O que é?

E John então leu o pequeno bilhete que de fato o intrigou:

"Prezado senhor Lennon. Por informações por mim recebidas misticamente acredito que haverá um atentado para assassiná-lo.

O espírito que me deu esta informação foi Brian Epstein.

O senhor Epstein também disse que Paul McCartney sobreviveu"

John olhou com certo estranhamento para Yoko que, na sua racionalidade, lhe devolveu um sorriso com um "Bobinho. Por que escrevem isso?"

Paul McCartney, corria a lenda, desde 1969 estava morto. Morrera num acidente e John, prontamente, conseguira um sósia para o lugar de Paul para o show não parar.

Brian Epstein, era verdadeiro, desde 1969 estava morto. Se entorpecera de barbitúricos e outras drogas pra dormir, e morrera com apenas 32 anos.

JOHN LENNON FOI ASSASSINADO

As rádios mundiais davam de minuto em minuto a notícia e tocavam a música de John e dos Beatles no transcorrer do dia.

Yoko se demonstrou sob controle ao encontrar o corpo de John ainda na calçada de entrada do edifício Dakota. O jovem assassino nem esboçou fuga: entregou-se no local mesmo à polícia, ainda com a arma em seu poder.

Yoko, ao pousar sua mão no rosto de Lennon que tinha a camisa empapada de sangue no peito, revelou então à imprensa uma frase do "seu" Lennon na noite anterior:

— Pega a minha mão. Faz nós dois dormirmos — murmurara.

George marejou os olhos e disse que não era para acreditar.

Ringo nada disse, como sempre então.

E Paul McCartney, somente à noite, por fim falou:

— Perdi hoje o meu melhor amigo.

§5

DISCURSO DE PAUL McCARTNEY AO AGRADECER PELO TÍTULO DE PRÍNCIPE DAS ASTÚRIAS

— Senhoras e senhores. Hoje estou aqui e quero lhes contar que já conheci esta mesma altura de pisar o palco com o público de costas.

Senhoras e senhores, eu aprendi a conviver com a baixa bilheteria, com o fracasso do palco vazio, o palco nu.

Não me queixo.

O palco de costas pra mim. Vejam as cadeiras!, este silêncio de ouro pra minha grande encenação. Um peido miserável que eu desse agora neste teatro seria como seu eu jogasse igualmente minhas forças para obter o sucesso e a consagração.

Vejam. Vejam a minha pose, senhoras e senhores! Vejam como eu mantenho ainda a postura correta, o olhar decidido em frente, mesmo com esta plateia nem aí.

Fodam-se!

Bem pior, permaneçam de costas, o que vou querer com plateia?

Sigam, sigam, fora daqui!!! Quero o palco nu. Quero este vazio que se ajusta tão bem.

Plateia de costas, filha de Deus! Permaneça assim porque para onde eu vou, se escalo esta tábua, este palco, se me estatelo nesta cera traiçoeira, é o que conquistei.

Podem me derrubar ou deixem-me cair, não me queixo.

Derrubem-me com a sua ausência. Ela faz bem e eu sempre volto aqui.

Hoje, eu vim com minha melhor camisa, com a minha camisa bonita, é seda, ãh-ãh!, e eu vim pra dizer o melhor possível esta cena final.

Apaguem. Apaguem as luzes, me deixam só e no escuro, lhes peço!!!

Por quê? Por quê?

Não se pergunta por que a um homem na sua plena expiação, na exposição total de seu fracasso. Como se sabe, a grande, a melhor plateia é um teatro vazio. Isso é fazer arte. E só depois se mostra. Como agora, aqui.

O meu fracasso é o meu maior trunfo, inspiração, o meu fracasso é como se um morto me inspirasse. Eu, na verdade, morri. "*Paul is dead*", deram os jornais. E estavam certos.

O meu fracasso em todas as terras por onde andei. Nunca fui nada, fui sempre um iniciante, um diletante, um empirista de porra nenhuma. O que escrevi nunca trouxe homens nus, um observar filosófico, sempre fiquei neste maldito *Yesterday*.

Saíam agora de mim John, George, Ringo. Ou mesmo, saía agora de mim minha Linda sem sobrenome melhor.

Sou um fracassado contra os tristes Beatles e bradei minha cruz de pau. O meu fracasso foi nas rezas, tantas vezes tentei rezar e muito meditei. A minha derrocada, como se diz, foi em dobro. Eu derrubei o piano, não o consegui carregar.

A culpa?

Os motivos do meu fracasso vieram de várias frentes e eu fiquei bem curvo, de joelhos, em minha claríssima falta de ostentação.

Peregrinei, fiz missão, arrisquei quando não era a hora e quando foi a hora eu me assustei.

Assustava-me mesmo o meu fracasso tão abissal. Meu poema em linha reta que vivenciei.

Levei porradas de John em termos de pensar. De me corrigir, de buscar um estilo para escrever além dessa insipidez do "Oh, eu acredito no passado".

Eis a minha expiação. Eu acreditava mesmo no passado e permaneci por lá. Eu fui protagonista da farsa de estádios lotados, de holofotes me queimando o rosto, das tantas coisas publicadas que nunca pronunciei e disse que "era mesmo assim".

Eu que pensei ser premonitório fui um reles estoque de gravadoras natimortas também.

Eu me impressionava mesmo ao ver tanta cadeira virada, pulgas, piolhos, mesmo um sósia, esta a minha triste imagem mais abrangente. Eu nunca seria um John porque fiquei ao lado, canhoto ainda, baixista sem solar. Muito viajei, mas pouco saí do passado, *Yesterday, Yesterday, Yesterday*, tocava, ainda toca e foi o que me enterrou na infância e no encosto da própria infância eu me ferrei.

O meu fracasso, o meu altar sem missa, agora eu trago pra vocês em shows fracassados, com ausência de público. Eu virei o chato da vez.

Só que eu derrubei o piano também em outras direções. O meu fracasso foi nunca ter emplacado carreira solo, ter morrido mesmo naquela noite de 9 de novembro de 1966.

Eu vim para ser fotografado e ser mais famoso que Cristo e foi na mesma Cruz que eu me preguei.

INRI da minha cruz é ser um Sir. Grandes merdas me modificou. As drogas foram sempre a minha maior conquista, felicidade, as drogas foram as melhores parceiras com que minha casa dividi.

Fui ao Rio e quase morri de calor. Fracassei. E nem era só com cidade que eu me dava mal. No Maracanã me expus da maneira mais constrangedora, escancarei a minha decadência quando me cobri com a bandeira do Brasil.

Uma farsa e como era tão de araque o meu sotaque ao arranhar um forçado e bem pensado Português. Eu queria só agradar quem comigo se desagradava e tudo isso foi ruim.

Tudo isto só me fez mal.

Queria ser apenas em todos estes momentos assim e nunca consegui.

Eu errei em acertar em *Yesterday*. A melodia até que bate uma sineta, mas a letra é filosofia de elevador. Um fracasso. John tinha toda a razão.

E como ele sabia antes de mim do meu fracasso ele nunca mais me chamou. Nunca mais comigo privou até a sua bem-aventurança de ser assassinado, coisa que um fracassado, um infeliz e triste artista como Paul McCartney nunca, jamais, conseguiu.

Ser morto. Ser baleado no peito. John era mesmo o melhor.

E eu era o cara que pedia um carinho, criei o meu próprio Wings e de novo me decepcionei. Não há nada de novo ali, não há nada de bom ali, a minha carreira solo não vale duas faixas de *Imagine*.

Imagine com duas melodias varre todo o repertório do Wings em mais de 20 anos de tentativa e tudo em vão.

E por quem os sinos dobram, então?

Dobram pelo meu fracasso, que é quando um homem broxa, como se diz.

Eu sou um imprestável filho de Liverpool. Eu nunca passei do existe "algo de errado e agora eu sinto falta do ontem".

Na verdade, a frase, a minha divisa de vida deveria ser: existe "algo certo", eu sou um fracassado e por isso sinto a falta do ontem.

Queria voltar a um dia antes de ter composto letra e música de *Yesterday*. Queria.

Queria. Quero. Palco nu. Plateia de costas.

Houvesse eu não tido filhos e netos eles não estariam agora aqui. Na primeira fila. Aplaudindo, levando depois flores lá no meu camarim de fracassado e homem só.

Não os quero aqui. Tirem meus filhos, filhas e netos daqui.

Sus. Fora.

É mentira o que dizem sobre *Yesterday.*

O meu fracasso é grande, não cabe numa malinha chamada *Yesterday.*

Considero *Revolver* o melhor disco de nossa grande banda. É o título que escolhi sem pedir opinião de John, era o título melhor de mim. O título era e sou eu.

Levo então o meu fracasso, passo a passo, neste meu réquiem.

Hoje estou de aniversário: 18 de junho de 1942 foi quando nasci.

James. Sou James e James já é muito para um cara fracassado cumprir aniversário e é cada vez mais sucumbir.

O meu fracasso, como se diz, nem precisa biografar. O meu fracasso já se disse só pelas minhas intenções.

Eu não me canso de dizer que nunca amei do fundo da alma, porque amado do fundo da alma eu também nunca fui.

Nasci e me tornei um católico. Virei, por fim, agnóstico, uma das minhas poucas e acertadas decisões.

Fui ser criado por um pai viúvo cedo. E ele me deu carinho, um saxofone, mas não sabia me abraçar.

Meu melhor abraço sempre foi o de Linda, coitada, não conseguia encordoar duas notas seguidas para uma canção. Igualzinha à Yoko. Nem, mas enfim. No fundo, fui somente eu quem fracassou.

É diferente começar a caminhada assim: as mulheres do mundo inteiro aos teus pés. Os jornais do mundo inteiro aos teus pés. Os dólares do mundo inteiro em tuas mãos: a infelicidade começa assim.

Um cálice em homenagem a esta merda de sistema que me criou!

Não é culpa dele, mas eu lhe servi, eu nunca fui demasiadamente ousado para lutar pelos pobres, mortos-vivos de tão pobres, como John.

George era neutro. Neutros não fracassam. Ringo nunca existiu.

Na minha Liverpool tinha um cara que ia na frente dos cortejos carregando uma cruz de pau. Era um conterrâneo meu quase centenário e ia numa passadinha assim. O caixão logo atrás.

Eu trago comigo esta imagem e a frase que mais me marcou: "Carregar o piano".

A vida é carregar cruz de pau para mortos e piano para os vivos.

Eu sonhei. Eu sonhei. Eu tive ilusões.

Quem mais fez rodar em vitrolas emperradas o ONTEM fui eu.

Eu. Paul.

E agora, quem comerá as vísceras de um fracassado Paul?

O meu ritmo é bom, as melodias, eu sei. Eu sei. Eu sinto o calorão do estilo quando começo a compor e as notas e a coisa avança e eu sinto que estou a pleno pulmões. Mas a minha forma de descrever, o fracasso no fluxo da inteligência aí aparece, me atormenta, é o meu fantasma maior. É o fantasma de John, tão bom nisso. Porra, pro John! O cara conseguia passar a sua verdade, o seu coração para cada homem e mulher do planeta Terra se emocionar.

Com *Yesterday* tentei, tentei, tentei. Tentativas são passos de um fracassado.

Escrevi na melodia mais linda um porcalhão de poema, "ontem", "passado"... não consegui. E sinto. E sei que não fiz. As minhas melhores letras são estas que saíram em jorro da caneta de John e que junto assinei. E isso depois me causava uma impressão de angústia, tristeza, que merda era quilo então?!

"*Is buried Paul*", uma vez disse John.

Era já o piano caindo. O piano sendo muito pesado para eu poder carregar.

"Pra cima com o piano, moçada!"

Eu nunca conseguiria dizer.

Pra baixo com o ritmo. Eu que já escrevi de trás pra frente, de baixo pra cima, fiz metade de um livro totalmente ineficaz.

E John em palíndromo. Trocadilhos. Experimentação com a palavra. Tirem tudo isso daqui!

Quem está apagando as velinhas do bolo do meu aniversário?

Sou eu quem deve soprar. Sou eu quem deve apagar esta porra de velas e felicitações que me mandem.

Zusssssssssss!

Apaguei todas as felicitações.

Zusssssssssss!

Apaguei com toda a saúde que me desejaram e fiquei nesta infeliz disposição para escrever sem ter uma história pra contar um pouco mais minha da banda, The Beatles, The Beatles, bilhões de vezes ouvi.

E mentalmente pensava: "Isso não sou eu".

Falar de mim e da banda é falar do meu fracasso. De fato, não é uma boa história. É apenas uma canção espichada, um Lado A inteiro de um antigo vinil.

Isso é Confissão? Canção mais lenta de novo ou rock pesado por fim?

Não importa. Sou eu. Mais James que Paul.

E meu fracasso só foi menor do que *Yesterday*. O afeto que à canção sempre dediquei. Prendia-lhe um cinto de afeto em volta e segui em frente. O piano de arrasto.

Eu era capaz, se tivesse sucesso, de carregar até mesmo um sino. Mas a imagem triste que se tinha era eu e meu piano de arrasto.

Arrastei o piano. O meu fracasso, caríssimos, era de uns quantos quilos.

Meu fracasso tinha saúde por causa de *Yesterday*.

E onde vai dar esta espécie de missa minha? Esta carência de atenção que clamo agora aqui?

Yesterday atravessara o século e eu, com o próprio lenço do padre McKenzie da minha cidade, limpo agora o fundinho do cálice. Eu conheci um padre que fazia isso depois de tomar o vinho.

Limpo o fundo do cálice da minha alma, agora, aqui.

Minha hora do Amém.

O meu fracasso, eu predizia, estava bem no fundo da minha alma e eu precisava continuar: era o meu estilo, a forma com que inventei de me expressar.

Nunca abri mão disso. Era o meu constante pano pra limpeza geral.

Nunca desisti.

Eu tenho ciúme do meu fracasso, porque ele me impulsionou.

Fracassado, sempre imaginei qual a canção que eu, Paul McCartney, hoje o Príncipe das Astúrias, sairia assobiando enquanto caminhasse pelas ruas de Madri. Um Paul insatisfeito com a vida, infeliz com o que realizou. Um cara, vamos dizer, humanitário e tranquilo — mas o absoluto e irremediável fracasso total.

E a canção que assobiarei tão logo saia daqui será mesmo *Yesterday*. E irei dando graças pela vida, apesar de ser um dia de frio como em Londres. Trocarei este meu fraque por meu sobretudo preto e me enforcarei com uma manta com a cor do couro de uma cobra rajada.

E assobiarei:

Yesterday
All my troubles seemed so far away
Now it looks as though they're here to stay
Oh, I believe
In yesterday

Eu não avisei que era o *Fool on the Hill*?

FINAL

§

O mau cheiro de manteiga sorada exala por todo o galpão. Antes ali se fabricava manteiga e se operava a máquina com a nata do leite batida, batida. Pás iam e viam naquela pasta gosmosa quando o leite se transformava em nata, às vezes já azeda. Por dívidas insolúveis, o antigo proprietário abandonou tudo em meio a uma madrugada de produção. Fugiu com a única filha e restou o galpão com o seu odor abafado, uma espécie de suor condensado no ar, que deixa o ambiente ainda mais insuportável pela baixa iluminação de luminárias que mal funcionam e é preciso se acender uns tochões com óleo nos quatro cantos do pavilhão.

Contando por cima, há mais de mil pessoas no que chamam de Troia Rave. Ali, jovens vêm em busca de diversão e alguma espécie de estupefaciente que os tire da realidade e os jogue numa noite de fantasia, que bem pode varar a madrugada e se estender até a tarde do dia seguinte.

O cheiro do leite azedo se mistura com o cheiro de maconha, mas quem está aí para bom ambiente quando já se está entupido de carreiras cheiradas em folhas de papel trazidas sabe-se por quem?

Ecstasy.

A máquina de manteiga inoperante se transforma numa espécie de ponto de encontro para a distribuição das balinhas e a bebida quente e mais forte se torna um ingrediente quase inofensivo ali.

A máquina e o teor do azedume parecem ser o que mais fascina aquela centena de jovens, garotos e garotas que vão passar a limpo a noite mais suja e se divertir. À Troia Rave sempre se dirigem os amigos Pátroclo e Achilles Jr, Achilles Jr sempre acompanhado de sua Helena.

Achilles Jr, Helena e Pátroclo vão ali para dançar. Dançar. Beijar muito seja lá quem for. Eles sabem o teor do beijo de um desconhecido: tem o gosto de nata azeda que na máquina restou.

Eles sabem o teor de um talhado, a prova do ranço, vão passar a madrugada nesse estupor que vem da música alta, numa batida repetida e seca que estupora o ouvido mais sensível na Troia Rave.

Last land. Achilles last land.

O último reduto. Troia. O Led em tecno.

O Led em tecno. Tecno. Tecno.

Não há outra forma de sensibilidade ali a não ser a boa viagem que as drogas e o uísque e vodka quente que estão a beber provocam.

O galpão fumega. A fumaça de cigarro empesta o ar e há jovens já sem camisas, pois o suor começa a transformar os tecidos de algodão em algo opressivo.

Corpos bem malhados então se mostram e não resta então às garotas nada senão também arremessarem seus topes para o mais longe dali. E a música aumenta de volume consideravelmente.

O DJ quase não se deixa mostrar, porque além de estar na penumbra de fumaça e luz azul do ambiente, ele traz preso às orelhas dois imensos tampões de ouvido, que lhe cobrem as duas partes do rosto. As espumas dos tampões de ouvido alcançam as suas bochechas. Somente o seu narigão se revela melhor, além do indefectível cigarro que acende um atrás do outro.

Troia está no seu limite e Helena já se perde de Aki e Pátroclo em meio à confusão. Helena acaba sentada em uma escada em profunda depressão. Ela observa que já não cabe ninguém ali e prefere se isolar.

A realidade morrera na entrada e Helena, através do ecstasy, começa a ter uma vaga memória do que rola ali: é Leonard Cohen agora, *The Future* a todos os pulmões.

Tecno e Leonard Cohen?

É o estilo do DJ pra começar.

É um bom cara, o Cohen. É um bom velho e é bom ouvir siderado as suas considerações.

Ahahahaha, memória materna. A garota mistura a lembrança da mãe e não sente culpa por estar ali sem nenhum pudor.

The Future continua. As guerras, a fome pelo mundo, as epidemias, tudo se junta ao efeito de uma fila cheirada e é só diversão, embora esteja só.

Um cara veste a camiseta da Seleção Brasileira e grita que não há futuro também para o nosso futebol. Levamos 7 a 1 da Alemanha e ele entende de design. É gremista e sua vodka é quente como são quentes as virilhas da garota que traja um jeans apertado demais.

É uma missa com todos rezando próximo do DJ, que continua no Leonard Cohen. *So long, Marianne* é cantada em coro por aqueles que ainda conseguem entoar um coro como nas aulas de catecismo e nas missas dominicais.

Não há lucidez nisso. Não há a ternura melancólica da melodia do Cohen. Há este fedor insuportável de nata azeda a tomar o pavilhão. O óleo rescende a chumaço de estopa e continua a queimar iluminando os quatro cantos do pavilhão.

Aki e Patrô andam e zanzam e dançam por ali dando investidas nas jovens com seu vestir recreativo, misturadas com aqueles que ainda não deixaram os peitos e os dorsos nus. Uma rosa trazida para o Leonard Cohen.

Nick Cave agora canta mais sombrio. A rosa de Cohen, já murcha, é pisoteada pelos tênis da moda e pelos sapatos de saltos e coturnões.

— Nick Cave merece mais uma cheirada — diz Aki a Patrô.

Ecstasy agora já circula geral. E a tristeza. Por que aquela tristeza que bate de repente se misturando àquele ranço impregnado da nata batida nos velhos tachos abandonados?

Os cabelos da garota são cabelos da Dinamarca, como os do pai, loiros, muito lindos, mas exalam um odor impossível de se aspirar.

Mas um cara cheira seus cabelos, cheira o seu corpo que balança ao jeito que se dança *Rain Dogs*. O cara se chama Páris.

O bom e velho Tom Waits, agora sim. Ele que permanecerá quebrando toda a prataria, toda a louça e taças que se possa no mundo imaginar.

Tom Waits nasceu para quebrar toda a prataria, louça e taça, as coisas frágeis do mundo.

Um jovem entorpecido de cocaína se lembra de como é bom *O Apanhador no Campo de Centeio.*

Salinger é bom nos contos. Na viga pra cima moçada, e não há solteiros ou solteiras mais então.

"Tecno. Mais tecno", pede alguém.

O DJ então, por segundos, larga o Tum-Tum. Tum-Tum.

Mas o que se vê em seguida é uma comunhão de garotos e garotas que vão ao êxtase com os primeiros acordes de *Drive.* O REM eterno.

A Jijica grita para sua amiga que esta é a sua canção preferida. Sorve uma talagada de vodka quente e chacoalha a cabeleira negra para trás. Fica meditativa, a bêbada.

Helena está imersa, siderada, melancólica e depressiva na escada a observar um piano vazio que parece a velha manteigueira. Este cheiro de leite azedo. Um grande vazio no imenso pavilhão.

Há mil jovens ali entre o sebo e a graxa em diversão mútua. Impossível agora se falar.

Um cara ainda tenta conversa com uma moça.

Um outro cara diz que só quer ser feliz. Só quer ser feliz. E passa por entre os grupos repetindo isso como um mantra.

Corre rápida a notícia de que o ecstasy terminou.

Alguém interessado no negócio trata de desmentir.

Soro, manteiga, ecstasy. Esta é a equação que deve continuar.

O ar está aguado. Suor. Perto de 950 corpos suam. Alguns jovens, ainda lúcidos, andam atrás das garotas como andam os terneiros atrás de amamentação.

A imagem de terneiros e zebus de Minas tem a ver com aquela multidão que se puxa e sacode e joga o corpo em movimentos intensos na hora da música eletrônica infestar ainda mais o ar.

OLÉ! OLÉ!

Presumivelmente, DJ cheirou também.

Apesar de ser um cara fechado no dia a dia, o DJ é dos bons. Todos o adoram. O veneram. Ele sabe traduzir em som o que aqueles mil jovens querem para ter sentido estar ali.

O DJ ajudava "fosse no que Deus preciso" para se divertirem ali. "Estamos longe do fim. Isto é apenas o começo, moçada!"

Ele anima. As luzes em cores variantes vão se intercalando e as paredes do velho pavilhão da manteiga parecem tremer.

De fato tremem. Um jovem estudante de Sociologia grita para Páris que está lendo Augusto Comte.

Só grita isto, mas é o que basta para Aki e Patrô se matarem de rir.

Páris não gosta do que vê. Vai tirar satisfação. E completamente alucinado começa a gritar com Achilles, que revida com um soco certeiro em Páris. Patrô fica na proteção de Achilles para que um grupo de parças de Páris não tente agredir por trás.

É uma guerra no centro do galpão. É a Guerra de Troia que acontece agora ali.

Os seguranças da rave chegam para separá-los, depois de Páris ter atingido com um forte chute o calcanhar de Achilles, que mal consegue agora caminhar, amparado em Patrô.

O DJ começa a gritar: PAZ! PAZ!

Um outro, parça de Páris, ainda grita para Achilles Jr ferido que é o que dá se meter com a turma de maçons. Jovens maçons.

O cara que gritou o nome de Comte tem um cavanhaque, costeleta e pareceria um tipo estranho se não estivesse naquele ambiente tão natural.

Ele se sente bem. Está cheirado e se sente bem.

Aki começa a sentir mais dor e segue amparado por Patrô. Quer se "anestesiar". Que Patrô ache a porra da Helena com o ecstasy, caralho, vá se foder!

Aki segue em frente agora sozinho e se desvia dos corpos, com aquela dor terrível no calcanhar e o ranço de manteiga a impregnar ainda mais o ar.

Insuportável a dor e o fedor.

Mas Aki suporta. E sua.

Suor. Como suam!!

Os cabelos alourados da moça que parece ser da Dinamarca já se encharcam de tanto dançar. O suor escorre por sua nuca, desce pelo pescoço, pelo valo das costas e vai alcançar a alcinha de sua calcinha de algodão. Entra pela calcinha adentro o seu suor também.

Tudo está incontrolável. Maquiagens já desbotadas nos rostos das meninas, e são as meninas mais lindas que já se viu. Os olhos, castanhos tristes, também desbotam pelo ecstasy que se patrocinou.

Olhos castanhos. Olhos castanhos tristes.

E os cabelos. As cabeleiras agora começam a ser atadas por presilhas compradas em camelôs. Uma ou outra tenta um trançado com as pontas finas dos cabelos longos. Espigas, alourados, moças, muitas garotas, com os cabelos tratados iguais.

A Jijica ficava alisando as pontas dos seus cabelos e a sua expressão era muito triste na alegria que ela vivenciava ali.

Está a fim de um cara com uma boina do Che. Ele tem uma expressão reflexiva, mas não deixa de cheirar. Acompanha a carreirinha sem perder a expressão.

"Hey, kids, não gostem dos seus braços!"

"Hey, Kids, não gostem dos seus ombros!"

Eles são musculosos e a sensação depreciativa causada pelo DJ ao gritar estas frases lhes alegra muito mais, menos a Aki, que sua de dor e está praticamente limpo, são. De olho no filha da puta do Páris, que busca olhando por cima da multidão.

"Hey, Kids, vocês são reis e rainhas feios. Hey, kids, vocês são os reis e as rainhas mais feias, mas eu amo vocês".

O chão de concreto agora trepida.

"Por falar em rainha, eis ela aqui pra vocês: bebam Madonna. Bebam a Madonna".

E as luzes tremulantes em várias cores abrem um cover do ABBA que a Madonna adaptou. É a primeira vez que Helena, sentada na escada, parece se animar.

Mix para os mais feios e as mais feias. Hey, Kids, nas caixas de som com eco.

Ahaaaaaaaaaaaaaaaaaaaaa!!!!

As Rainhas da Manteiga dos cabelos fedidos.

"Madonna!", grita uma jovem já quase desfalecida e os garotos pensam em uma saída providencial.

Ela continua a gritar apesar de os olhos e os olhinhos dela serem tão lindos vistos assim.

Tochas de fogo nos quatros cantos do pavilhão.

Um azul mais límpido agora de luz.

Frágeis olhinhos de mil garotos e garotas a se divertir, a viver. É um Hair moderno. Um viver, um viver, um viver. Sabem o que é isso?

Quebrar a luz com o olhar mais profundo. Claros demais, luminosos como um dedo indicador de anjo. As faces coradas pelo calor do ambiente. Faces coradas e o rosto vermelho e iluminado no calor das maçãs das carinhas salientes.

Exala por todo o pavilhão essa ansiedade de viver que se confunde com o ranço impregnado nos cabelos. Talvez por isso as poucas amigas não se interessem mais em conversar entre elas. Não há como conversar ali. A conversa agora é o diálogo dos olhares entorpecidos no salão. Olhares para a aptidão de ginastas sem camisa, de garotos com a parte do tórax bem posta, a cintura fina, o trabalho árduo com os ferros de academia para acabar ali: nus entre galões de nata soporada.

Páris mostra seus músculos, Aki arde em dor no calcanhar. Já nem dança. Só pensa em se vingar. Mas de cara, não.

Cadê a porra do Pátroclo? Cadê?

Quem entre as amigas se atreveria à dança com este de músculos mais salientes?

É Páris. Um bronco, um estúpido de imensas dimensões.

Desculpa é palavra que foi riscada do seu dicionário e "Seja estúpido" foi o que Páris leu exposto na entrada do galpão.

Não há desculpas. Helena leva à risca.

E não se diz mesmo isso quando uma das amigas se atrapalha no segundo passo. Fica por conta da vodka e uísque rançoso e quente que ingeriu.

Helena vai para o centro da multidão fazer só os cabelos dançarem.

Os cabelos dançam.

O DJ grita "Eu amo vocês".

"Eu amo vocês". E não denuncia a sua expressão triste do dia a dia.

Mas, bem no fundo, com o rosto entre os tampões de ouvido se pode ver um resto de expressão triste, de dor refletida, e é uma expressão bem mais séria do que a inconstância do passar pela adolescência.

Sorriem muito. Sorriem de loucura. Sorriem de nervos. Sorriem por estar no meio do mato naquela Troia, naquele galpão abandonado e com uma garota que parece ser da Dinamarca e se compadece de Aki que sua de dor e febre, o calcanhar já inchadão.

— Que esta noite nunca termine —, Aki diz irônico para a dinamarquesa, que lhe tasca um beijão profundo e demorado.

Mato. Galpão rançoso. Garota da Dinamarca.

Mas ainda Helana a mais bonita da missa que servia sua hóstia: o ecstasy.

E cadê também Helena? Achilles Jr está só.

Sapatos de salto 15 abandonados, jogados sabe lá. Tamanquinhos. Meias tornozele[illegible]as. E Aki é um anjo lindo de pé descalço e o tornozelo cada vez mais [illegible]ar.

Gelo a pu[illegible]

A figur[illegible]itas garotas começam a ver. E Aki beija muito, de [illegible] dor. E as garotas sentem então uma alegria ent[illegible] um anjo ferido, com lágrima de dor e com aquela [illegible]dura o rosto. Ficam assim surdos e mudos no ga[illegible]gueira.

[illegible] e garotos febris, suados neste ambiente aqueci[illegible]ante e Helena gritando "Para de falar agora!" [illegible]quente o que ela estava dizendo e era quente [illegible]ente como ambiente e era bom pra que todos os kids s[illegible]a vida em Troia é bem legal!!

É. Helen[illegible]estava gritando para uma garota que parasse de falar que ela deveria saber que num lugar decente é bem razoável ouvir isso, que seu garoto está ferido e você não fez nada por ele. E que Helena também devia saber que a noite devia continuar e que o ecstasy aliviaria toda a dor do calcanhar de Aquiles.

— Você é um merda, Patrô! Você e essa daí! —, diz Helena.

Jogo duro, meu garoto. Aquele "Para de falar agora" continuará e se arrastará com a fumaça e aquele ar morno que só sabe ter um galpão abandonado, se uma garota como Helena não disser "tudo bem".

E Helena agora diz: "Tudo bem?".

E Aki diz: "Tudo bem".

FIM

Este livro foi impresso em papel pólen 90g/m², tipografia Crimson, no verão de 2018